KB133115

한때는 떠나고만 싶어했던 딸이
이제는 떠나버린 아빠에게

신지윤 작가

누군가의 부모로,

또는 누군가의 자식으로

살아가는 모든 이들에게 전해지길.

Prologue 08

Part1 14

큰 딸의 결혼식
이제는 우리집
엄마가 되었다
결혼해야 할까

Part2 42

아빠가 암이라는 사실을 알았다
아빠의 운전기사
아빠에게 차려드린 마지막 식사
가장 행복했던 생일

Part3 70

시한부를 통보받았던 날
마지막 자존심
병실에서 들은 아빠의 마지막 유언
마지막 순간에 대하여
상주가 된다는 것
아빠를 떠나보내며
아빠는 보지 못한 막내딸의 결혼식

Contents

Part4 122

괜찮은 척 괜찮지 않았던 날들

편안하고 행복한 일

아빠의 직업

아빠의 흔적

아빠 없이 보낸 첫 명절

엄마가 된 아빠의 딸

Epilogue 156

아빠에게

Prologue

이 책은 다른 누군가에게 들려주고 싶은 이야기는 아니었다. 그저, 이제는 볼 수 없는 나의 아빠를 기억하기 위한 나만의 애도하는 방법 중 하나였다. 그렇지만 책을 쓰는 동안 무수히 많은 감정들이 엉켜 있었음을 알았다. 딸이라서, 아빠니까, 그런 것들이 아니라 당연한 것들이 아니었다는 것을 알았다.

딸로서 나의 아빠가 떠나는 그 순간까지 보냈던 세월들을 나는 잊고 싶지 않았다. 하나하나 너무나 소중해서 다 기억하고 싶었다. 물론 그 기억을 꺼내는 일이 쉽지만은 않았다. 수많은 일들이 있었고, 그 안에서 미처 그때는 알지 못했던 마음들과 만났다. 또한 어쩌면 그때도 알았지만, 애써 외면했던 것들도 찾아냈다.

사랑하는 사람의 죽음을 마주하는 일은 쉽지 않은 일이다. 얼마 전 봤던 드라마에서 보았던 장면 중 '설령 의료진이라 하더라도 죽음은 익숙해지지 않는다'는 말이 크게 남았다. 나 역시 어쩌면 부모가 죽는 것이 누구나 겪는 일이라며 스스로에게 '이제 그만 슬퍼하자' '이제 그만 괴로워하자' '이제 그만 그리워하자'고 했던 건 아니었나 싶었다.

결국 지금의 내가 있는 것은 어떤 단 한 가지의 이유 같은 것들로는 설명할 수 없다는 것을 알았다. 그리고 이 책을 써 내려가는 동안 자연스럽게 돌아본 나의 마음을 다시 마주했을 때, 비로소 이제 정말 괜찮네? 가 아니라 여전히 나는 아프고 슬프지만 이런 내 마음을 마주할 자신은 생겼다는 것을 알았다.

한때는 '왜 나에게만 이토록 불행한 일들이 닥쳐오는 걸까?'하는 생각에 사로잡혀 있던 날들이 있었다. 그러나 순식간에 다가오는 상황들 속에서 오히려 감정적이기보다는 냉정해지는 나를 보며 놀라웠다. 어찌 보면 나에게 그런 면모가 있었다는 것을 다시금 볼 수 있는 기회였던 것 같기도 하다.

불행한 일이 아니라 누구나 겪을 수 있는, 겪어가고 있는 일이지만 그 일을 어떻게 받아들이는지에 대한 태도에 관한 것들에 대해서도 생각해 보게 되었다. 만약 그때 내가 슬픔에만 빠져 눈물로만 모든 날들을 보냈다면, 아마 지금보다 더 큰 후회가 남았을 것이다.

뼈저리게 후회되는 모든 것들로 인해 괴로웠던 시간도 물론 있었다. 그러나 2년에 가까운 시간이 지난 지금에 나는 그저 그 순간에 최선을 다해서 애썼다는 것을 이제는 안다. 그리고 알아주고 싶다. 그것이 나를 위하는 일이기도, 그리고 나를 사랑하는 나의 아빠를 위한 일이라는 것 역시.

어쩌면 때때로 우리는 부모님과의 이별의 순간에 대해서 떠올려 본 적이 있었을 것이다. 상상조차 하기 싫은 그 순간을 떠올리는 것만으로 괴로워서 회피했던 적도 있었을 것이다. 또는 생각보다 세세하게 그려보았을지도 모른다. 드라마나 영화에서 봤던 장면들을 떠올려 보면서. 그렇지만 막상 다가온 그 순간이 나에게는 상상 속 그 어떤 장면과도 겹치지 않았다. 아무리 머릿속으로 그려보았다 한들 조금이라도 괜찮았을까? 미처 준비하지 못했다고 해서 자신을 너무 원망하지 않기를 바란다.

유명한 말 중에 그런 말이 생각났다. '지금 아는 것을 그때도 알았더라면' 참고로 우리 엄마가 참으로 좋아하는 말이라 자주 들었던 말이다. 지금 아는 것들을 그때의 나는 몰랐다. 그렇지만 괜찮다. 적어도 지금은 알게 된 것들이 참으로 많으니까. 그것만으로 만족스럽다.

가장 후회되는 순간이 있냐고 묻는다면 이제와 그 무엇

을 후회한다 한들 시간을 돌릴 수 없다는 것을 인정하게 되었다고 말하고 싶다. 그래서 나는 후회하지 않기로 했다. 모든 것이 그저 소중했다고 말하고 싶고, 그렇게 믿기로 했다.

그리고 2년에 가까운 시간 함께 글을 쓰고, 읽고, 웃고 울어줬던 원트의 대표님이자 나의 첫 독자가 되어주신 솔빈 작가님.
아내이고 아이들의 엄마이기 전에 사랑하는 여자로 곁에 두어주고, 항상 지지와 용기를 주는 나의 짝, 나의 남편 종철 오빠.
책 속에 자주 등장하는 나의 영원한 절친인 동생 지원.
언제나 나의 존재를 빛내주고, 힘을 주는 나의 아이들 원준이와 지안이.
넘치는 감수성을 물려준 엄마와 선뜻 나의 아빠가 되어주신다고 하셨던 아버님 그리고 어머님.
그리고 나를 멋진 사람이라고 말해주는 나의 친구들과 주변 분들께 마지막으로 사랑하는 아빠에게 고맙다고 다시 한번 말하고 싶다.

Prologue

Part1

죽도록 일해야 했고, 돈을 벌어야만 했던 아빠에게.
악착같이 살아야만 했고,
힘들었지만 마음대로 무너질 수도,
망가질 수도 없었다고.
책임져야만 하는 두 딸이 있어서 그렇게 살았다고 했던
아빠에게.

큰딸의 결혼식

결혼하는 날까지 나는 아빠가 해주는 밥을 먹으며 살았다. 새벽 6시면 출근을 하던 아빠는 아침은 꼭 먹어야 한다며, 새벽 5시부터 밥솥에 밥을 안치고, 꼭 뜨끈한 국 한 가지는 끓였다. 그리고는 자고 있는 다 큰 딸들에게 "아침 먹고 가라."는 말을 남기고 길을 나섰다. 할 줄 아는 것 없이 시집가는 딸이 걱정된다고 매일 말하면서도 말이다.

결혼하면 시부모님께 잘해야 하고, 아빠 욕보이지 않게 잘하고 살라며. 또 아빠처럼, 엄마처럼 실패하는 결혼생활은 절대 안 된다며. 자식에게 대물림해서는 안 된다고. 스스로에게 하는 말인 듯 내 귀에 딱지가 앉도록 말씀하셨다. 그래서인지 결혼을 결심하고 난 후, 나는 결혼이 두렵기까지 했다. '과연 내가 잘 해낼 수 있을까?' 나도 실패하면 어쩌나 하고, 자신이 없어졌다. 하지만 그런 생각도 아주 잠시였고, 상견례를 하고, 결혼 날짜를 정하고, 결혼 준비를 하는 몇 개월은 눈 깜짝할 사이 지나갔고, 어느새 나는 결혼식장에 서 있었다.

2014년 10월9일 한글날.

이른 아침부터 세상에서 가장 아름다운 신부가 되기 위

해 바빴다. 화려하지만 단아하고 빛나는 신부가 되고 싶었다. 꽃단장을 마치고 결혼식장에 도착했다. 도착해서 식장을 둘러볼 새도 없이 신부대기실에 들어섰다. 그때부터는 남편이 될 사람도, 엄마도, 아빠도 볼 수가 없었다. 그저 대기실에 끊임없이 들어오는 얼굴들, 아는 사람, 모르는 사람 할 것 없이 반갑게 웃으며 맞이하는 것이 나의 임무였다.

그렇지만 나의 결혼식에서 가장 바빴던 사람은 따로 있었다. 결혼 전에 청첩장 리스트를 만들 때부터 온 신경을 쏟으시던 아빠. 빼곡하게 아빠의 글씨로 적어두신 낡은 수첩 속 주소록들을 보며 일일이 체크 하며 청첩장을 작성하시던 아빠였다. 신부대기실에 얌전하게 앉아만 있던 나와는 달리 그 시각 아빠는 결혼식장에 들어오는 수많은 사람들, 아빠의 손님들을 맞이하고 인사하느라 정말 바빴다. 그리고 나서 아주 잠깐 아빠가 신부대기실에 왔다. 그날 아빠 얼굴을 제대로 마주한 때는 그때였다. 언제나처럼 양복을 입은 아빠는 말끔하고 멋있었다. 어쩐지 입은 웃고 있었지만 긴장한 탓인지 어딘지 어색해 보이는 표정이 너무나도 도드라져 보였다. 어색하긴 나도 마찬가지였다. 계속 의무적으로 웃은 탓인지 얼굴이 아플 정도였다. 아빠와 사진 촬영을 하면서도 머릿속으로는 아무 생각도 들지 않았다. 그렇게 기계적인 웃음을 짓고 있는 나를 보며 아빠는 내 손을 잡으며 말했다.

"함께 살던 세월 동안 힘들었던 시간은 다 잊고 행복만 하면 돼. 그저 잘만 살아라. 그거면 아빠는 바라는 거 없다."

내 손을 잡은 아빠의 손은 언제나처럼 단단하고 묵직했고, 따뜻했다. 그리고 다시 아빠의 임무를 다하기 위해 대기실을 나갔다.

시간은 계속해서 흘러가고 있었다. 어느덧 "신부님 입장하실게요."라는 부름에 나의 의지와 상관없이 아빠의 손을 잡고 버진로드 앞에 나는 서 있었다. 그 순간이었던 것 같다. 내가 가장 좋아하는 그 사진. 나의 휴대폰에 아직까지 저장되어 있는 아빠의 휴대폰 번호와 함께 저장되어 있는 사진. 사진 속 새하얀 웨딩드레스를 입은 앳된 얼굴의 나와, 나의 손을 잡고 있는 꽤나 젊어 보이는 아빠의 긴장된 표정이 담겨있는 그 사진을 나는 참 좋아한다.

어린 시절에는 아빠와 둘이 찍은 사진이 참 많았다. 그런데 그 사진을 보고서야 알았다. 어른이 되어 아빠와 단둘이 찍은 사진이 없었다. 그 사진은 어른이 되어 아빠와 처음으로 찍은 사진이었다.

버진로드를 걸으며 나는 느꼈다. 오랜 시간 기다려왔던 순간이라는 것을. 결혼을 한다는 의미가 나에게는 새로운 삶의 시작이었다. 지나간 나에게서 다가올 나로 가는 길이었다. 아빠의 손을 잡고 남편에게 가 남편의 얼굴을 보는 순간, 그토록 바꿀 수만 있다면 바꾸고 싶었던 내 가족이 바뀌는 순간이라 느꼈다. 설레었고 마치 해방되는 기분까지 느꼈다. 주례사를 들으면서도, 축가를 들으면서도 참 많이도 웃었던 것 같다. 행복했다. 행복하고 싶었고.

결혼식이 막바지로 이르고 있었다. 신부 부모님께 인사하는 순서가 되었다. 결혼을 앞두고 스스로 다짐하고 또 다짐했다. 절대 울지 않겠다고. 그리고 결심했다. 결혼식 내내 아빠와 절대 눈을 마주치지 않겠다고. 그런데 인사를 하고 고개를 드는 찰나에 나는 보고 말았다. 그토록 애써 보지 않으려 했던 아빠의 촉촉했던 눈가를 보았고, 나도 모르는 새 눈물 한 방울이 뚝 하고 떨어졌다. 당황했지만 나는 고개를 돌리며 다시 웃었다.

그렇게도 참 이기적이었던 딸이었다 나는. 결혼식 내내

한 번도 아빠에게 눈길을 주지 않던 나는 그날도 이기적인 딸이었다. 그러나 그날만큼은 적어도 세상 그 누구보다 행복하고 싶었던 나를 하염없이 바라봤을 아빠의 마음은 어땠을까. 헤아려 본 적도 없는 아빠의 마음은.

딸의 손을 잡고 걷던 그 짧았던 순간이 아빠에게 어떤 의미였을지 이제야 나는 생각해 보게 되었다. 어쩌면 그날이 아빠에게는 긴 세월 동안, 나의 아빠가 된 그날부터 기다리고 기다리던 날이었을지도 모르겠다.

죽도록 일해야 했고, 돈을 벌어야만 했던 아빠에게.
악착같이 살아야만 했고,
힘들었지만 마음대로 무너질 수도, 망가질 수도 없었다고.
책임져야만 하는 두 딸이 있어서 그렇게 살았다고 했던 아빠에게.

새벽같이 일어나, 아침밥 굶기지 않으려 손수 밥을 지어 먹이며 그렇게도 곱게 곱게 키웠던 딸이 시집가던 그날은 과연 어떤 의미였을까?

공항버스에서 내렸다. 무거운 몸과 캐리어를 끌고서.

익숙한 듯하지만 낯선 동네. 앞으로 내가 살아가게 될 동네였다. 지금의 시댁이기도 하고, 남편의 어린 시절부터 살던 그 동네가 처음부터 맘에 들었었다.

내가 사랑하는 사람이 어린 시절, 학창 시절을 거닐던 거리가 있는 곳이라는 것도, 나를 예뻐라 해주시는 새로운 부모님이 되어주신 시부모님 댁과 멀지 않은 곳에 있어서, 그리고 조용하고 여유로운 느낌이 드는 그 동네가 나는 좋았다. 그 때문에 결혼해서 처음 살게 될 집이었지만, 큰 고민 없이 신혼집을 정할 수 있었다.

짧지 않은 비행과 여행의 여파로 피곤한 표정으로 나란히 걸으며 나는 남편에게 말했다.

"내가 왜 여기 있나 싶다. 지금쯤 우리 집으로 가는 상도동 언덕을 올라가고 있어야 할 것 같은데 말이야."

정말이었다. 아빠와 동생이 있는 그 집이 아직까지는 우리 집이라는 생각이 여전히 들었다. 그리고 걷는 내내, 마치 현실이 아닌 것만 같단 착각이 들 정도로 이상하고 낯설었다. 집 앞 골목에 있는 단골 국밥집에서 뜨끈한 순댓국을 먹고는 드디어 신혼집에 들어섰다. 현관에는 남편과 나의 신발만이 가지런히 놓여 있었다. 새 가구 냄새와 깨끗하고 산뜻한 아기자기한 나의 집이었다. 새가족과 새집. 얼마나 꿈꾸던 순간이었던가. 얼떨떨한 마음으로 신혼집에서의 첫날이 그렇게 지나갔다.

며칠 동안은 출근하는 길도, 퇴근하는 길도 어색해 하면서도 남편과 나의 그 공간으로 어서 빨리 돌아가고 싶었고 아무래도 좋았다. 더 이상 늦은 저녁 헤어지며 보고 싶어 하지 않아도 된다며 밤새 떠들기도 하며 정신없는 나날들을 보냈다.

그러다 어느 주말 아빠와 저녁을 먹으러 친정집에 갔다. (친정집이란 말이 나는 늘 어색했다. 그냥 아빠 집이라는 말이 편했다.)

매일 오르내리던 그 언덕길을 남편 차로 함께 올라가 익숙한 현관문을 열고 들어가자 정말 익숙한 풍경이 펼쳐져 있었다. 신발장에 놓여있던 흙이 잔뜩 묻은 아빠의 작업화, 그리고 반짝반짝하게 닦여있는 아빠의 구두. 그 옆에 주르륵 놓여있던 굽이 높은 내 구두와 동생 운동화들 때문에 발 디딜 틈이 별로 없던 좁은 현관도, 거의 항상 거실 한편에 서 있는 빨래 건조대며 식탁 위에 놓여있는 아빠의 각종 영양제. 어수선한 그 모습 그대로였다. 나만 빼고.

익숙하지만 모든 것이 낡은 그 공간이, 그토록 떠나고 싶어 했던 그곳이 막상 이제는 내 집이 아니라 생각하니 왠지 모르게 조금은 정겹게 느껴지기도 했다. 그리고 이제는 다시 돌아올 수 없는 곳, 그렇지만 언제든 찾아올 수 있는 곳이라는 것 때문에 여러 가지 감정들이 들기도 했던 것 같다. 그러면서 너무나 익숙해서 당연하게 느껴지던 것들이 하나씩 보였다.

결혼하고 한번은 식사 준비 시간이 너무 길어져 밤 10시가 넘어서 밥을 먹었던 적이 있다. 장을 보고, 식재료를 손질하고, 반찬 몇 가지, 국, 찌개 끓이는 일조차 당시에는 익숙하지 않았다. 우리 집에서 요리는 아빠 담당이었고, 아빠가 해주는 음식들이 참 맛있었다. 그 때문에 내가 요리를 할 일이 많지 않았다. 나는 아빠가 해주는 음식 중에서도 묵은지를 넣은 푹 끓인 김치찌개를 좋아했고, 여전히 나는 가끔 그 김치찌개가 정말 그립다.

그렇게 요리를 하고 설거지를 하고 집 청소, 빨래 모든 것들을 스스로 해내는 것이 처음에는 재밌기도 했지만, 퇴근 후 피곤한 몸을 이끌고 돌아와 그 모든 것을 하는 것은 쉽지 않았다. 잔소리를 해주는 사람도 없었고, 그저 이제는 모든 것을 알아서 해야 했다. 퇴근 시간이 되면 어김없이 일찍 들어오라는 전화를 걸어오던 아빠에게 더 이상 전화도 오지 않았다. 좋기도 하면서 어색했던 날들이 하루하루 지나고, 텅 빈 내 자리가 남아 있는 그 집을 조금씩 잊어가고 있었다.

그리고 그로부터 얼마 지나지 않아 기다렸다는 듯이 동생의 독립과 함께 우리 세 가족은 각자의 집에서 뿔뿔이 흩어져 살아가게 되었다.

나 스스로 겪었음에도 여전히 믿어지지 않는 그때. 임신과 출산의 과정을 거쳤다. TV 속에서만 보던 신생아 중환자실에 파란 가운을 입고 면회를 가던 그때. 지금은 아주 오래 전 일처럼 떠오른다. 어제 저녁에도 그때 생긴 큰 아이의 오른쪽 갈비뼈 밑에 있는 흉터에 연고를 발라주면서 또 한 번, 그때를 어렴풋이 떠올렸던 것 같다.

제왕절개 수술이 끝나고 마취에서 미처 다 깨지 못하고 비몽사몽이던 그때. 온 가족이 함께였지만 불과 몇 시간 전까지 내 뱃속에서 힘차게 발길질 하던 아기는 내 곁에 없었다. 분명 수술실에서 울음소리와 함께, 자그마한 아기를 보았다. 아기를 보자마자 눈물이 터져 나왔고, 설명할 수 없는 감정이 잠시 느껴졌다. 그렇게 잠이 들었고 눈을 떴을 때까지만 해도 통증과 그 감격스러움에 취해 있었다. 그런데 몇 시간 뒤, 아기가 구급차를 타고 남편과 다른 병원에 있는 응급실로 갔다고 했다.

실감이 나지 않았다. 얼굴조차 제대로 보지 못한 열 달 동안 내 뱃속에 있던 내 아이를 안아볼 수도 볼 수조차 없었다. 하루 또 하루가 지나고 몸이 조금씩 회복되면서부터 실감이 조금씩 나길 시작했다. 불안했고, 무서웠다. 주치의 선생님께 어렵게 허락받고 택시를 타고 병원

복에 슬리퍼를 신은 채 겨우 겉옷만 걸쳐 입고 신생아 중환자실에 갔을 때, 눈앞에 벌어지는 일이 현실처럼 느껴지지 않았다. 아니 믿고 싶지 않았다. 눈도 뜨지 못한 채, 수많은 호스가 연결되어 거의 칭칭 감겨있는 것만 같았던 머리숱이 빽빽한 그 아기가 내 아기가 맞는 걸까? 난 어떻게 해야 할지, 아무것도 할 수 없는 내가 원망스러웠다.

그렇게 며칠이 지나 퇴원을 하고 힘들게 예약했던 조리원을 마다하고 나는 집으로 갔다. 많은 시간을 누워 지냈다. 밤낮 없이 2시간쯤 자고 일어나면 유축기로 모유를 짜냈다. 그리고 밥을 먹고, 또 자고 일어나서 모유를 짜고, 멍하게 앉아 있었다. 마치 기계처럼. 냉동실에 얼려둔 모유를 아이스박스에 담아 병원에 갈 시간만을 기다렸다. 그리고 매일 기도했다. 그리고 죄스러웠다. 아기가 아픈 것이 전부 다 내 탓인 것만 같았다. 어디서부터 잘못된 걸까. 끊임없이 나를 몰아붙였다.

면회가 끝나고 선생님을 만나는 시간은 늘 떨렸다. 매일 상황은 악화되기만 했다. 일주일쯤 지났을 때일까. 병원에서 걸려 온 전화.

“오늘 밤이 아기에게 큰 고비가 될 수 있습니다. 마음의 준비를 하고 기다리셔야 할 것 같습니다."

나는 아무것도 할 수 없었다. 그저 아무것도 해줄 수 없는 못난 엄마가 된 나 자신이 미웠다. 고통스러웠다. 그렇게 그날 밤을 지새우고 다음 날 아기가 큰 고비를 잘 견뎌내 주었다는 전화를 받기까지 흔히 말하는 천국과 지옥을 경험했다고 해도 과언이 아니었다. 그저 살아 주어서, 밤새 했던 나쁜 상상들이 실제로 일어나지 않아서 감사했다.

불행한 일이 찾아오면 그건 당연한 일 같았고, 그 반대의 상황이 오면 나는 의외라 여겼던 것 같다. 그때까지의 나는 그랬다. 그래도 감사하게 아이는 점차 회복이 되어갔고, 눈을 뜬 얼굴로 호스를 하나씩 빼가는 날들이 이어졌고, 내 품으로 왔다. 그저 건강하게 아니 살아만 주었으면 좋겠다는 바람이었고 진심이었다. 엄살이 심한 내가 누군가를 대신해 아프고 싶다는 마음이 들게 한 것도, 살면서 어쩌면 가장 간절했던 순간이 그때였을지 않았을까. 그런 시간을 겪으며 나는 어느새 엄마가 되었다.

언젠가 엄마에게 들은 이야기가 있다. 엄마에게 아기가 생겼다는 이야기를 처음 아빠에게 했을 때, 아빠는 길거리에서 팔짝팔짝 뛰며 아이처럼 좋아했다고 했다. 내가 엄마가 된 스물여덟, 아빠도 그렇게 아빠가 되었다.

줄곧 자식을 낳아봐야 부모 마음을 알게 된다는 이야기를 들어왔다. 정말 그랬다. 엄마가 되고서야 나는 내 엄마의 마음을, 아빠의 마음을 조금씩 공감하기 시작했다. 그리고 동시에 어린 시절의 나, 그리고 엄마, 아빠에게 내가 어떤 존재였는지 대한 생각을 하게 되었다. 또 아빠가 편찮으시던 시간 동안, 그 이후에도 줄곧 나는 이런 생각을 했다. 나의 아이가 아픈 것과 나의 부모가 아픈 것. 물론 둘 다 마음 아픈 일이지만 어느 쪽이 더 아플까 하는 그런 생각. 그리고 부모님에게는 죄송하지만 역시나 나의 아이가 아픈 것이 더 마음이 찢어진다는 것을 나는, 그리고 나의 부모님도 알고 계신다. 그렇게 나를 키우셨다는 것도 이제는 안다.

아빠의 병원에서 보호자로 함께 있는 동안에 코로나로 인해 보호자의 외출도 쉽지 않았다. 몇 날 며칠 아이들을 보지 못하는 나에게 그저 제 자식 못 보는 어미로 나를 안쓰럽게 여기던 아빠였다. 그리고 굳이 미안하다는 말을 하지 않아도 아빠의 그런 마음이 고스란히 전해졌다. 거의 24시간을 붙어 있으면서 서로에게 미안한 마음이 한없이 느껴졌던 날들이 있었다. 그렇게 생기 없이 누워 있다가도 휴대폰 속 아이들의 얼굴이 보이면 웃으시던 아빠였다. 그래서 아이들 영상을 자주 보여주기도 했고, 간혹 몰래 면회 오는 남편에게 아이들을 꼭 데려오라고 했던 것도 그래서였다. 보기 힘든 아빠의 웃는 얼굴을 보고 싶어서. (그 당시 코로나로 인해 병원 면회가 금지되어 있어서, 병원 내 편의점 앞에서 몰래 만나곤 했었다.)

임신 중에 입덧이 심했던 딸이 먹고 싶다던 보리굴비를 사주시던 아빠였고, 아이 낳고 몸보신하라며 보약을 지어주던 우리 아빠였다. 껌딱지처럼 엄마에게 안겨있는 아이를 보며 "우리 딸 힘들겠네."하고 말하던 우리 아빠였는데... 엄마가 되어버린 나에게도 나의 엄마가 그리고 아빠가 있었다.

그리고 이제 나는 나의 아이들에게 이렇게 말하곤 한다.

"엄마도, 엄마 아빠가 참 많이 보고 싶다."

종종 그런 질문을 받곤 한다.

"결혼하면 좋아요?" "꼭 해야 할까요?"

미리 숙제를 다 끝내놓은 듯한 언니에게 묻듯이. 지금의 내 답변과 그 당시 내 답변은 사뭇 다를 것이다.

올해 열 살이 된 큰아이가 네 살이 되던 해였다. 눈을 돌려보니 내 나이 또래에는 아직 엄마가 되지 않은 친구들만이 참으로 많아 보였다. 아팠던 아이가 별 탈 없이 건강하게 잘 자라주고 있어서 그저 다행이라고 생각했다. 그런데 나는 괜찮지 않았다.

퇴근 후 저녁에 아이를 재우고 나면 오롯이 혼자만의 시간이 찾아왔다. 그 시간이 처음에는 무료해서 맥주 한 캔 마시고 잠을 청하기 시작했다. 그러다 맥주 한 캔이 어느 사이 소주 한 병으로 그리고 두 병으로 바뀌고 있었다. 술을 마시지 않으면 잠이 오질 않았다. 아침에 눈을 뜨는 것이, 몸을 일으키는 것이 무겁게 느껴지고 있었다. 하루가 시작되는 것이 싫었다. 똑같은 하루가 시작되는 것이. 바쁘게 출근 준비를 마치고, 어린이집에 아이를 데려다주고 지하철역까지 뛰어다니던 가벼운 발걸음이 이제 더 이상 즐겁지 않았다.

또 하루가 시작됐다. 전날도 거의 잠을 못 잤던 것 같다. 몸을 일으켜 캐리어를 꺼내왔다. 내 옷 그리고 아이 옷을 두어 벌 챙겨서 욱여넣기 시작했다.

"엄마 어디가?"
"우리 여행갈까? 기차 타고?"
"좋아. 신난다."
"우리 둘이서만 가는 거야. 바다 보러 가자, 우리."

그 길로 택시를 타고 기차역에 가서 부산행 기차표를 두 장 샀다. 그렇게 아이와 함께 부산에 갔다. 휴대폰이 울리기 시작했다. 있어야 할 곳에 아이도 나도 없었다. 휴대폰 전원을 꺼버렸다. 그렇게 하루가 지났다.

서울은 발칵 뒤집혀 있었다. 남편도 그리고 다른 가족들도 모두 다 우리를 걱정했다. 다행인지 얼마 전부터 지나가는 말로 했던 내 말을 기억하는 친구 덕에 생각보다 빨리 남편과 재회하게 되었다.

서울에서 밤새워 운전을 해서 찾아온 남편에게 그날 밤,

나는 많은 이야기를 했다. 이제는 더 이상 행복하지 않은 이 결혼생활을 지속할 자신이 없다는 말로 시작해서 불행하다는 이야기를 줄곧 했던 것 같다. 다 그만두고 싶다고. 그래서 도망치듯 이곳에 왔다고. 다시는 돌아갈 수 없다고, 다 끝났다고.

정말 그랬다. 그때는 모든 게 끝난 것만 같았다. 완전하다고 생각했던 내 행복이 깨져가는 느낌을 받고 있었다. 완벽하다고 느꼈던 내 가정이, 내 결혼 생활이 잘못 되어가고 있는 것 같았다. 이제는 누구의 탓이라기보다는 모든 것이 내가 가지고 있는 불행의 기운 때문인 것 같았다. 결국 모든 화살이 나에게 향해지고 있었다.

회복하기 위해서 아니 어쩔 수 없이 새롭게 시작해 보자는 마음으로 우리는 무리하게 집을 이사 했고, 직장을 옮겼고, 생활환경을 전부 바꿨다.

그러나 내 마음은 여전했다. 잠들지 못하는 숱한 날들과 식욕도 점점 잃어가고 있었다. 병들어 가고 있는 것 같았다. 그래서 결국 병원을 찾았다. 병원까지 가는 길이 쉽지만은 않았다. 그렇지만 나는 돌아가고 싶었다. 지긋지긋한 이 생활에서 벗어나고 싶었다.

처음으로 정신과를 찾게 되었다. 병원 대기실에 앉았다. 진료 전 작성해야 할 여러 장의 설문지를 주었다. 신체적인 상태, 현재 느끼는 우울감에 대하여 등등 체크하는 항목들이었다. 작성 후 만난 정신과 선생님은 내가 그동안 상상해 왔던 모습과는 너무나 달랐다. 표정 없는 얼굴, 차가운 말투로 나의 상황, 상태에 대해 질문을 몇 가지하고는 약을 처방해 주었다. 현실적인 치료 방향, 약의 부작용 등등.

의사가 내린 나의 상태는 우울증에 의한 알콜 의존증이었다. 예상하던 답변이었지만 막상 듣고 나니 기분이 묘했다. 우울감을 자주 느끼는 성격 때문이라고, 술을 즐기는 성향 때문이라고 외면하던 나는 더 이상 피할 곳이 없었다. 남편은 나의 치료를 돕고 싶다고 했고, 그것이 큰 도움이 될 거라고 의사도 말은 했지만, 사실 나는 누구도 나를 도울 수 있을 것 같지 않았다. 처방받아 온 약이 조금은 우울한 기분이 줄어들게, 술을 더 이상 마시지 않아도 되도록 해주기를 바랄 뿐이었다.

처음 얼마간은 치료를 위해 꼬박꼬박 약도 먹고, 상담 치료도 하러 갔다. 그러나 시간이 흐를수록 복용하던 약에 의존도가 높아질까 걱정스러워졌고, 약의 부작용 때문이었는지 무기력하고 나른해지는 기분이 싫었다. 두어 번 갔던 상담 치료도 지겹게 느껴졌다. 솔직히 치료 효과가 있었는지 의심스러운 정도였다.

어느새 아이는 5살이 되어 있었고, 새로 이사 간 집에서, 새로운 직장에서 정신없이 시간을 흘려보내고 있었다. 사실 그때가 잘 기억나진 않는다. 그저, 빨리 그 시간들이 지나가길 바라면서 하루하루를 보냈던 것 같다. 그렇게 2019년이 지나가고 있었다.

그러던 어느 날 큰 선물을 받았다. 예상치 못한 둘째 아이의 임신으로 인해 나는 몸도 마음도 다시 안정을 찾아갔다. 임신으로 인해 자연스럽게 술도, 약도 끊게 되었다. 신기하게도 심한 입덧으로 꽤나 고생을 했으면서도 나는 내 안에 생긴 새로운 생명이 나에게 다시 살아갈 힘을 주는 듯한 느낌을 받았다. 내 안에서 꿈틀거리며 커가는 아이를 보며, 어느새 훌쩍 커버린 큰아이를 보게 되었다. 그간 엄마의 방황으로 혹시나 아이가 불안하지는 않았을지 참으로도 미안한 마음이 그제야 들었던 것 같다.

첫째 아이를 돌보면서 임신 기간을 견뎌내는 나를 위해 남편도 많은 시간과 마음을 쏟아주었다. 이제는 두 아이의 부모가 된 우리는, 회복될 것 같지 않았던 우리의 결혼이, 우리의 가정이 다시금 조금씩 안정을 찾아갔다.

10년이라는 짧다면 짧고 긴 시간동안 내가 경험한 결혼생활은 항상 행복하지도, 불행하지도 않았다. 과거에는 결혼 자체가 너무나 무거운, 무서운 것이었던 것 같다. 그리고 나를 원가족에서부터 탈출 시켜주는 통로가 되어줄 거라는 기대감도 있었다.

그러나 현재의 나에게 결혼이란 나를 조금 더 좋은 사람으로 만들어 준 것. 내가 사랑하고 사랑받을 수 있는 사람이라는 것을 분명하게 깨닫게 해준 것이라 여겨진다.

결혼을 통해 나는 사랑하는 가족을 얻었다. 이 세상 그 무엇보다 나에게 소중하고 나를 행복하게 해주는 가족.

아침에 일어났을 때, 남편과 나란히 누워 있는 부부 침실에 들어온 아이들을 안으며 입 맞출 때, 아이들의 살냄새와 보드라운 감촉을 느끼며, 사랑한다고 말하는 천사 같은 그 입에서 피어나는 미소들을 볼 때 나는 사랑을 경험한다.

내가 꿈꾸었던 결혼 생활의 그 이상, 내가 상상하지 못했던 순간들을 만난다. 결코 모든 것이 완전하지 않거나 완벽하지 않을지라도 그 순간만큼은 나는 충분하다고 느끼며, 그렇게 살아가고 있다.

Part2

그리고 그날, 나는 알지 못했다.

감당할 수 없을 것 같은 많은 날들이 있으리란 것도.

또한 그 시간이 너무나 짧아서

아쉬움과 후회만 가득하게 될 거란 것도.

나는 정말 아무것도 알지 못했다.

아빠가 암이라는 사실을 알았다

여느 날과 같은 날이었다. 동네에 사는 친구가 오랜만에 한잔하자며 불러냈다. 일찍 퇴근하고 돌아온 남편에게 찬스를 얻어 아이들을 맡기고, 집 앞에 있는 실내포장마차로 갔다. 나보다 늦은 퇴근을 한 친구와 마주 앉아 주문했다. 뜨끈한 멸치국수에 매콤한 오돌뼈를 주문하고 소주잔에 소주를 따라 두어 잔쯤 마셨을 때였다.

"엊그제 새해 아니었냐? 벌써 1월도 열흘이 더 지났네. 큰일이네."

지난해 팀장으로 승진한 지 얼마 되지 않아 일 때문에 늘 머리가 아팠다. 할 일은 많고 머리는 복잡하고 더 잘하고 싶었고, 더 많이 벌고 싶었고. 오랜만에 실컷 마시고, 친구와 수다라도 떨며 잠시라도 그런 생각들을 내려놓고 싶었다.

그때 여느 날처럼 아빠에게 전화가 왔다. 저녁은 먹었는지. 애들은 뭐 하는지 묻고는 아빠의 하루를 끝낸 후 고단했던 이야기 정도를 늘어 놓을거라 예상하며 전화를 받았다. 지금 생각해보면 분명 다른 날과 달랐던 목소리, 말투, 분위기를 나는 전혀 눈치 채지 못했다. 둔하고 무정하게도.

"지금 집으로 좀 와라."
"어? 지금? 나 밖인데, 이 시간에 갑자기 어떻게 가? 무슨 일인데?"

당장 집으로 오라는 아빠의 말. 황당했다. 늦은 밤 전화해 당장 오라는 아빠가 이상하다 느낄 법도 했는데. 그저 나는 짜증이 났다. 다음 날 출근도 해야 하고, 피곤하고, 아니 사실 이제 막 주문한 안주가 나와 테이블에 올라와 김이 모락모락 나고 있었다. 내일도, 모레도 언제든지 볼 수 있는 아빠니까. 중요한 얘기 아니면 내일 가면 안 되겠냐는 말을 내뱉고 있었다.

"아빠?"

아빠는 아무 말도 하지 않았다. 그때 전화 너머에서 아빠 옆에 계시던 아빠 친구분의 지금 꼭 오라는 그 말을 듣고서야 이상함을 감지했다. 그제서야 좋은 이야기는 아니겠구나 하는 생각을 했다. 그저 조금 안 좋은 소식일 수도 있겠구나 그 정도일거라. 그렇게만.

집으로 곧장 들어가 잠자리에 들려고 내복 차림으로 있는 아이들에게 겉옷을 입히고는 남편과 함께 아빠 집으로 갔다. 차 안에서 나는 계속 중얼거렸다.

"별일 아니겠지? 무슨 일이길래 이러는 거지? 큰일은 아니겠지?"

남편은 첫째 아이를 안고 나는 둘째를 안고 아빠 집으로 들어갔다. 나와 같은 전화를 받은 동생도 곧이어 도착했다. 거실에는 아빠와 그때 함께 지내시던 친한 친구분이 함께 나란히 앉아 계셨다. 그러고는 아빠를 마주 보고 앉았을 때, 그때부터 내 심장이 미친 듯이 뛰기 시작했던 것 같다. 그동안 한 번도 본 적 없는 아빠의 얼굴이었다.

차마 나와 눈도 마주치질 못하는 아빠였다. 이상했다. 많이. 심장이 계속해서 쿵쾅거렸다. 목소리도 조금 떨렸던 것 같다. 그러고는 속으로 그저 아주 작고 지나가 버릴, 내가 감당할 수 있을 정도의 이야기이기를 바랬다.

아빠는 알 수 없는 여러 장의 서류들을 그저 내 앞으로 내밀었다. 그리고 한숨만 쉬었다. 원망스러운 표정이었다. 누구에 대한 원망이었을까? 아빠를 대신해 아저씨께서 상황에 대해 설명해 주셨다. 얼마 전부터 부쩍 몸이 아프고 컨디션이 좋지 않아 병원에 갔고, 병원에서 권유하는 대로 검사를 했다고 그런데 아무래도 결과가 심상치 않고 큰 병원으로 빨리 가야 한다는 이야기.

'몸이 아팠는데 나한테 왜 얘기를 안 했지?'

아니 아빠는 얘기했었다. 요즘 소화가 잘 안된다. 허리가 아프다. 다리가 아프다. 그럴 때마다 병원에 다녀왔다고 이야기했고, 아빠의 집 식탁 위에, 찬장에는 약 봉투가 쌓여 있었다. 언제인지 기억도 나지 않는 어느 때인가 혈압약을 먹기 시작했다고 했고, 갑자기 당뇨가 생겨 운동을 더 열심히 해야 한다고 했었다. 그 통화 내용들이 머릿속에 떠올랐다. 그리고 속으로 나한테 욕을 퍼붓고만 싶었다.

"몸이 안 좋으면 일을 좀 줄여. 아빠."

아프다던 아빠에게 이렇게 말하곤 했다. 일을 많이 해서 이제는 나이가 들어서 그런 거라며.

건강이 최고라고 늘 말하던 아빠는 아픈 곳이 있으면 곧장 병원에 가곤 했다. 운동도 열심히 했고, 건강관리는 누구보다 잘하는 아빠라고 생각했었다. 그런 아빠에게 이런 일이 생겼다는 게 어쩌면 나는 이 모든 것이 내 잘못일지도 모른다는 생각이 들었다.

소견서에는 처음 보는 무서운 말이 적혀 있었다.

[췌장 꼬리에 악성 신생물]

나머지 영어로 적혀 있는 여러 장의 소견서들도 곧바로 인터넷에 검색해 보았다. 눈을 의심했다. 아니 갑자기 꿈을 꾸는 듯한 기분이 들었다. 현실이 아닌 것만 같았다.

"작은 병원에서 뭘 알겠어. 내일 날 밝자마자 큰 병원 예약 할 테니까 가서 검사해 보자. 결과가 잘못된 거일 수도 있고, 아프면 치료 하면 되지 뭐."

사실 무슨 말이라도 해야 할 것만 같아서 나는 비슷한 말을 계속해서 말했던 것 같다. 내가 뭐라고 떠들어 대고 있는지도 모른 채.

집으로 돌아가는 차 안에서 생각했다. 이런 드라마 같은 일이 정말 나에게도 일어난다는 것이. 어쩜 불행이란 놈은 이딴 식으로 또 나를 찾아온다는 게 믿을 수 없었다.

정말이지 눈앞에 일어난 그 모든 상황을 믿을 수가 없었다.

무지하다 못해 무식한 딸이라 나에게 화가 났다. 서류에 적혀 있는 알 수 없는 그 단어들을 수십 번, 수백 번 들여다보면서 이토록 무능력한 딸이라 스스로가 싫었다. 못난 딸이라 아무 것도 하지 못하는 나 자신을 인정하고 싶지 않아서 뭐라도 해야겠다는 생각만 가득했을 뿐. 역시나 내 생각뿐이었다.

돌이켜 생각해 보면 못난 딸이 아니라 참으로 못된 딸이었다 나는. 자식들에게 차마 입이 떨어지지 않는 소식을 전해야만 했던 아빠의 마음 따위는 안중에 없던 나였다. 그런 와중에도 아빠는 본인 잘못이라고 했다. 아빠가 아픈 게, 이런 나쁜 병이 생긴 것이 운이 없어서가 아니라 본인이 몸을 잘 돌보지 않아서, 젊은 시절 먹고 살기 위해 마셔댔던 술이, 그리고 가슴이 찢어지도록 아픈 나날들을 혼자서 꾹꾹 참아냈던 날들이 쌓이고 쌓여 아빠 몸 안에 암 덩어리를 만들었다고 믿고 있었다. 그런 사람이었다. 아빠는.

그리고 그날, 나는 알지 못했다.
감당할 수 없을 것 같은 많은 날들이 있으리란 것도.

또한 그 시간이 너무나 짧아서

아쉬움과 후회만 가득하게 될 거란 것도.

나는 정말 아무것도 알지 못했다.

아빠를 위한 운전기사

아빠의 병을 알게 된 그날. 사실 병원에서 받아온 소견서는 인터넷에 검색만 해보아도 바로 알 수 있는 내용이었다. 췌장에 보이는 암으로 보여지는 종양. 받아들이고 싶지 않았다. 그 소견은 말 그대로 소견서를 쓴 의사의 소견서일 뿐. 정확한 검사를 통해 나온 것이 아니기에 나는 믿고 싶지 않았다. 정확한 검사를 받아야 했고, 그래야 치료를 시작할 수 있었다.

첫날 밤새 인터넷을 검색하던 나는 도저히 혼자서 시작할 수 없는 이 일을 도와줄 누군가를 절실히 찾았어야 했다. 남편의 대학 동기인 분의 이야기를 듣게 되었고, 몇 년 전 췌장암으로 아버지가 투병하셨다는 이야기를 전해 들었고, 그분께 연락을 드렸다. 뭐부터 해야 할 지 막막했던 나에게 구체적인 순서를 너무나도 자세하게 본인의 경험을 이야기 해주며 도움을 정말 크게 주셨다.

국내에서 유명한 병원, 그리고 교수님들 리스트를 받았고 나 나름대로 여러 방면으로 조사를 시작했고, 바로 각 병원에 전화를 걸어 예약 스케줄을 확인하고 예약을 잡았다. 한시가 급했다. 빠르게 치료를 시작해야 한다는 것 정도는 알고 있었기에 마음이 급했다. 그리고 아빠의 병을 고쳐줄 수 있는 최고의 의료진이 있는 병원을 찾고 싶었다. 생각보다 리스트가 빨리 정리되었고, 예약이 가능한 병원도 며칠 뒤, 그리고 다음 주 날짜가 가깝지 않았지만 그마저도 감사했다.

내 차를 타고 매번 아빠를 모시고 병원 진료를 하러 갔다.

"조금 있으면 원준이가 1학년이 된다는 게 너무 신기하지 않아?"
"우리 딸 고생했네. 애들 키운다고."

그때마다 조수석에 앉아 있는 아빠와 이런저런 수다를 떨며 병원에 갔다. 보통은 아이들 이야기를 많이 했던 것 같다. 병원 대부분은 꽤 거리가 되었고, 차 안에서 아빠와 이야기를 나누는 그 시간이 잠깐이지만 안심되고, 좋았다.

이렇게 가는 곳의 목적지가 병원 아니라 아빠가 좋아하는 산이라면, 우리가 함께 가는 여행길이었다면 얼마나 좋았을까? 라는 생각을 하면서도 나중을 기약하고 다짐했다.

'아빠의 치료가 시작되고 나면, 그때는 이렇게 모시고 공기 좋은 곳, 경치 좋은 곳에 많이 모시고 다녀야지.'

그동안 함께 많이 못 다녀서 미안하다고 속으로 여러 번 아빠에게 이야기했다.

아빠는 면허를 꽤 늦게 땄다. 어린 시절, 우리 집에서 운전하는 사람은 엄마였다. 운전석에서 엄마가 운전하고, 조수석에 탄 아빠는 항상 조수석 서랍(대시보드) 위에 다리를 올리고 비스듬히 기대듯이 앉아 계셨다. 아니 보통 주무셨다. 문득 옆을 봤을 때, 어린 시절 뒷자리에서 바라보던 아빠의 모습이 그대로 내 옆으로 보이는 것이 새삼스러웠다.

“이제는 일 그만하고 좀 놀아야겠다. 아빠도. 그래도 되겠지?”

아빠는 스스로에게 말하듯이 여러 번 되풀이하며 말했다. 그러면서도 옆자리에 앉아 줄곧 걸려 오는 업무 관련 전화를 받으시며, 그 전화들에 호탕한 목소리로 답을 하고 있었다. 다른 업체를 소개해 주기도 하고, 일에 차질이 생기지 않을까 걱정하는 모습을 보이셨다.

병원에 도착해 주차를 할 때였다.

"우리 딸 운전 잘하네~!"
환하게 웃으며 아빠가 말했다.

그 한마디 칭찬이 왜 그리 듣기 좋았는지 대단한 일을 한 것처럼 느껴졌다. 왠지 아주 오랜만에 아빠에게 듣는 칭찬 같았다. 어린아이가 되어 아빠에게 칭찬받는 아이처럼 기뻤고, 뿌듯했다.

성인이 되면 바로 면허부터 따라고 했던 아빠의 이야기를 잔소리처럼 듣고, 운전면허 따라고 주신 돈을 유흥비로 다 써버렸던 나였다. 결국 출산 후 내 새끼를 위해 느지막이 딴 운전면허증이 이렇게 쓰일 줄은 몰랐다.

그 뒤로도 여러 날들 동안 병원에 입원하기 전까지 내 차로 아빠를 모셔다드리고, 모시고 다니면서 나는 아빠가 조수석에 앉아 있는 것이 참 좋다고 생각했다. 그리고 지금까지도 그 때 아빠의 옆모습이, 미소 지으며 나를 뿌듯하게 바라봐주던 아빠의 눈빛이 가끔 떠오른다. 그래서인지 지금도 나는 차 안에서 아빠를 부쩍 많이 떠올리곤 한다.

병원에 입원하기 전, 검사를 위해 아빠가 우리 집에 와서 하룻밤을 주무셨던 날이었다. 딸네 집이지만 아빠가 우리 집에 와서 주무신 날은 손에 꼽힐 정도로 적었다. 친정 아빠가 시집간 딸네 집에 자주 들락거리면 좋아 보이지 않는다고 말씀하시던 아빠였다. 나도 사실 우리 네 식구가 살기에도 넓지 않은 집에 아빠가 오셔서 불편하게 주무시는 것보다 혼자 편히 주무실 수 있는 아빠 집에 더 나을 거라 생각했었다. 그렇지만 어쩌다 한번 오시는 날 주무시고 가라는 내 말에 한사코 거절하시고는 딸네 집에 자주 오지 않는 아빠에게 가끔 서운한 마음도 가졌던 것 같다.

그날도 어쩔 수 없이 병원 예약 시간이 이른 아침이라 병원과 가까운 우리 집에서 주무시게 되었던 날이었다. 그래도 그렇게 손주들과 시간을 여유롭게 보낼 수 있어서 참 다행이었다 싶기도 했다.

여느 날처럼 8시 뉴스가 할 때쯤, 아빠는 제대로 된 소파 하나 없는 좁은 우리 집 거실에서 TV를 보고 계셨다. 아이들이 떠드는 소리에도 아랑곳 하지 않고 어느새 꾸벅꾸벅 졸고 계시는 아빠에게 큰아이 방을 내어드렸다. 그 당시 상암동에 살던 우리 집은 5층 빌라였고, 안방 말고 잠을 잘 수 있는 방은 큰아이 방뿐이었다. 아빠에게 그 방에 잠자리를 마련해 드리고 나서 나는 생각했다.

'내년이면 이사 갈 테니,
그때는 아빠랑 같이 살아야겠지?'
'아빠 방을 만들어 드려야 할 텐데
그럼 집이 너무 좁지는 않을까?'
'같이 살면 그때는 아마 치료식으로
식사도 차려드려야겠지?'
'아빠 모시고 운동도 자주 다녀야지.'

이런저런 생각들을 하다가 잠이든 나는 알람 소리를 듣고 잠에서 깨 밥솥에 밥을 안쳤다. 병원에 가기 전에 아침을 잘 차려드리고 싶었던 나는 전날부터 무슨 반찬을 해야 할지 고민에 빠져있었다. 어떤 맛있는 음식을 해드려야 조금이라도 더 드실 수 있을지 건강식, 환자식 등등 여러 식단을 검색해 보았다.

결국 차려진 아침 식탁에는 황태국, 버섯 불고기, 양배추쌈, 샐러드 이런 것들이 놓여 있었다. 늘 먹는 익숙한 반찬들이라 조금은 초라해 보이는 내 눈에는 변변치 않은 상차림이었다. 조금 더 영양가도 높고, 기운이 불끈 날

만한 대단한 음식을 해드리고 싶었는데.

그런 내 마음은 모른 채, 식탁에 앉자마자 아빠는 휴대폰을 꺼내서 사진을 찍으셨다.

"이렇게만 매일 먹으면 아픈 거 금방 다 낫겠다."

아빠는 크게 웃으시고는 숟가락을 들었다. 국물을 한 숟가락 떠서 후루룩 드시고는 다시 휴대폰을 들여다보고 계셨다.

"아빠, 식사 안 하시고 뭐 해?"
"친구한테 카톡 보냈어. 우리 딸이 이렇게 아침 차려줬다고."
"차린 것도 없는데 이게 뭐라고 참."

지난번 병원 진료 후에 함께 찾은 식당에서 두 숟가락 이상은 식사를 못 드시던 아빠였는데, 어느새 밥그릇이 비어 있었다.

그날 아침에 아빠와 함께 먹었던 아침 식사가 나중에까지 이렇게 기억될 줄은 꿈에도 몰랐다.

꽤 많은 날이 지난 어느 날, 나는 아빠의 휴대폰에서 그 날 찍은 사진을 보았다. 또 한 번 너무나 후회스러워 그 사진을 들여다보며 한참을 울었다.

대단하지도 않은 그런 식사마저도 얼마나 해드렸었는지 아무리 생각을 해봐도 잘 떠오르지 않았다. 애들 때문에 힘들다는 핑계로 외식을 하거나, 사 온 반찬들로 차렸던 식탁 위의 모습들만이 떠올랐다.

아빠가 돌아가시기 전, 아빠의 환갑 식사 날에는 집에서 나름 유명한 뷔페 음식들을 시켜 한 상 잔뜩 차렸었다. 그날도 점심만 드시고는 금세 가시려는 아빠를 붙잡았다. 손주들과 놀다 저녁 때 가시라고 하고는 반찬이 없어서 난감해하다 냉장고에 있던 두부를 꺼내 두부 두루치기를 해드렸다. 남편이 가장 좋아하는 반찬이었는데 아빠에게는 처음 해줬던 메뉴였다. 점심 때 그 많은 음식들에는 별 반응이 없으시던 아빠는 두부 두루치기에 밥을 두 그릇이나 드셨다.

"너무 맛있다. 얼굴도 예쁜 게 음식도 잘하네. 우리 딸은."

부족한 밥상에 칭찬을 아끼지 않던 아빠였는데, 내 새끼들 먹일 음식은 정성껏 매일 만들면서 아빠의 생신 상마저도 내 손으로 직접 해드리지 않았던 내가 정말이지 미웠다. 이렇게 시간이 없을 줄 알았다면 조금 귀찮아도, 서툴러도 더 많이 해 드릴걸 하고 후회만이 가득했다.

오늘도 아이들을 위해 저녁 반찬은 뭘 차려야 할지 고민하는 나는 아직도 가끔 아빠에게 해드리지 못한 음식들을 볼 때면 그런 미안함이 떠오르곤 한다.

가장 행복했던 생일

아빠의 입원 날짜가 정해지고, 입원 다음 날이 내 생일이란 걸 알았지만 그때는 아무래도 상관없다고 생각했던 것 같다. 나는 기념일을 꽤나 중시하는 사람이고, 기념하고 싶은 그런 날은 특별하게 보내고 싶어 한다. 그럼에도 그때는, 적어도 그 순간에는 아무렇지 않았다. 내 생일 따위는.

아빠의 병실 침대 옆 간이침대에서 생일을 맞이하며 12시가 넘어가는 그때 조용히 일기를 쓰며, 그저 다음 생일에는 꼭 병원이 아닌 어딘가에서 아빠와 함께 보낼 수만 있다면 그보다 큰 선물은 없을 거라고 생각했다.

학창 시절 때부터 매년 생일에 아빠는 꼭 용돈을 주셨다. 성인이 되어서도 줄곧 함께 살았던 시절에는 아침에 출근하며 하얀 봉투를 받았다. 항상 우리 집에서 가장 일찍 출근하는 아빠는 새벽녘에 미역국을 한 솥 끓여놓고는 식탁 위에 용돈을 두둑이 넣어 '생일 축하해'라고 꾹꾹 볼펜으로 눌러쓰신 하얀 봉투를 식탁 위에 올려두고 가셨다.

결혼을 한 이후에는 생일날 아침이면 휴대폰으로 입금 문자가 왔다. 그러고 나서 전화가 걸려 왔다.

"우리 딸 생일 축하해."

그렇게 꽤 오랫동안 나는 아빠에게 생일 축하금을 받아 왔었다. 그러나 그 해, 처음으로 나는 받지 못했다. 하얀 봉투도, 그리고 입금 문자도.

언젠가 아빠는 그런 말을 했었다. 그냥 그러면 되는 건 줄 알았다고, 돈만 잘 벌어다 주면 좋은 아빠가 되는 거라고. 그렇게 생각했고, 그렇게 살았다고. 그런 아빠와 병원에서 내 35살 생일을 함께 맞았다. 몇 시간 눈을 붙였을까. 아빠의 아침 식사가 나왔고, 병실 침대에 마주 보고 앉아 식사를 보니 아침 메뉴는 미역국이었다.

"뭐야, 내 생일인지 알았나 봐."
웃는 나에게 아빠는 아빠식 유머로 답했다.
"아빠가 미리 주문했지."
아빠와 함께 웃으며 미역국 한 그릇을 사이좋게 나눠 먹었다.

메시지가 하나, 둘 계속해서 왔다. 생일을 축하해 주는 사람들, 다양한 선물도 받았다. 친한 친구들은 영양제며, 마사지기며 아픈 사람은 아빠인데 내 건강을 챙겨주기도 했다. 고마운 마음도 있었지만, 사실은 모든 것이 부질없게 느껴졌다.

생일날 병실에서 아빠와 함께 있는 딸에게 미안한 마음이 역력해 보이는 아빠를 보며, 괜찮은 척, 아무렇지 않은 척했지만, 그날 저녁 복도 끝 어두운 창문 아래에서 나는 생각했다.

'올해가 내 생애 가장 슬픈 생일날일 거야. 최악의 생일.'

그러고는 다음 생일에는 올해 몫까지 꼭 거하게 아빠가 챙겨줘야 한다며 아빠를 위로하듯 말했지만 어쩌면 그럴 일이 없을지도 모른다는 것도 조금은 알고 있었다. 그 마음에 꽤나 많이 슬펐지만 인정하고 싶지 않았다. 그리고 간절하게 바랐다. 기적을. 그저 생일 생물로 받고 싶었던 건 다음 해 생일을 아빠와 함께 보내는 것뿐이었다.

다음 해 1월이 되었고, 어김없이 생일이 다가왔다. 날짜가 가까워질수록 생일이 오는 게 싫었고, 막상 생일이 된 날은 조금은 화가 나 있었던 것 같기도 하다. 생일이 뭐가 중요하냐고 입으로 뱉으면서도 지난해 아빠가 나에게 해준, 아니 억지로 내가 받아냈던 그 약속 때문에 나는 그리움과 슬픔을 그렇게 표현했던 것 같다.

그렇지만 아빠가 떠나고 두 번째 맞은 올해 생일이 되어서야 나는 그해 생일이 나에게는 태어난 이후 평생에 가장 기억에 남을 생일이 될 것이라 확신을 가지게 되었다. 그리고 어쩌면 가장 행복한 생일이 아니었을까 싶다. 아빠와 함께 둘이 보냈던 많은 시간 중에 나를 세상에 나를 태어나게 해준 아빠가 함께 보낸 귀한 날 중 하루였으니까. 그날 또한 얼마나 소중한 시간이었는지를 깨닫게 되었다. 그런 생각을 하고 나니 올해 생일은 참 많이도 웃었던 행복한 순간이었다. 축하해주는 사람들에게 진심으로 고마웠고, 함께 시간을 보내준 가족, 친구들이 있어 무척 따뜻했다.

이제는 아빠 없이 보내는 생일이 슬프지만은 않을 것 같다. 내년에도 그다음 해도 나는 행복한 생일을 보낼 것이다. 아빠가 내 아빠로 나를 세상에 태어나게 해준 것만큼 큰 선물은 없을 거라 여기며 매 생일을 아빠에게 고마워할 것 같다.

그리고 제일 처음 말했던 것
아빠 없어도 잘 지내기

시한부를 통보받았던 날

하루하루가 애가 타고 답답한 나날들이었다. 검사는 계속 지연되고 있었고, 치료에 대한 계획은 나오지 않고 있어 답답하고 불안한 마음으로 가득 차 있었다.

이미 아빠는 췌장암 4기였다. 물론 나는 알고 있었다. 그랬음에도 최소한의 시간은 허락 되어주기를 바랬고, 그렇게 믿고 싶었다. 남아 있는 얼마간의 시간일지 모를 동안에 해볼 수 있는 최대한의 것들을 하고 싶었고, 그리고 적어도 병원에서 나가는 날에 대해, 또 통원 치료에 대한 희망까지도 가지고 있었다. 아빠와 함께 보낼 수 있는 최소한의 시간, 그 시간을 어떻게 보내야 할까 기대감이라 불리는 그런 마음들을 가지려 애를 쓰고 있었다.

적어도 내가 생각한 시간은 1년. 1년까지가 안 되면 6개월 아니 단 몇 달 동안만이라도 아빠와 함께 하지 못한 시간을 함께 보내고 싶었고, 뭐라도 해드리고 싶었다. 정말 뭐든지 해드리고 싶었다. 그러나 아빠의 상태는 점점 좋지 않았고, 죽으로 몇 숟가락 드시던 식사마저도 한 숟가락 전혀 못 드시는 날도 있었다. 잠에 빠져있는 시간이 길어지고 있었고, 그 시간 동안 나는 병실 안에서 혼자 아무것도 할 수 없는 무기력한 나 자신을 겨우 붙잡고 있었다.

교수님의 회진 시간만을 애타게 기다렸다. 오늘은 어떤 검사를 할 수 있는지 듣고 싶었다. 드시는 약도 점점 늘어나고 진통제도 점점 늘어나고만 있었다. 이렇게 계속 버티는 것이 맞는지 과연 이렇게밖에 이 아까운 시간을 보낼 수 없는 건지 궁금했다. 그리고 그날 아침 교수님이 오셨다. 아빠는 잠에 빠져있었고, 주무시는 아빠를 보시고는 깨우지 않아도 된다면 병실 밖으로 나가셨다. 우리 병실 앞 복도, 늦은 저녁이면 아이들과 영상통화를 하기 위해 쭈그리고 앉아 통화하던 휴게실 앞에 섰다. 휴게실이라기엔 정수기와 싱크대, 전자레인지가 있는 식사 준비를 하거나 식사가 끝나면 보호자들이 환자 식사를 가져다 놓거나 설거지하는 그 공간. 게다가 그때는 아침 식사가 끝난 지 얼마 되지 않아 내 앞뒤로 지나다니는 사람이 꽤 나 있었다. 심장이 쿵쾅거렸다.

“아버지가 너무 많이 참아오셨던 것 같네요. 지금으로서 할 수 있는 것이 아무것도 없네요.”

의사의 입에서 어떻게 저런 무책임한 말이 나오나 싶었다. 이해할 수가 없었다. 아무것도 할 수 없다니 몇 날 며칠 치료를 위해 병원을 알아보고, 피가 마른다는 심정으로 하루하루를 보내며 언제쯤 치료를 시작할 수 있을지

기다리던 우리에게, 나에게. 믿어지지 않았다. 원망스러웠다. 화가 났다. 내가 검색해 본 여러 가지 치료 방법들을 들먹이며 이건 안 되는지 저건 안 되는지 물었지만, 답은 같았다. 눈물이 앞을 가렸고, 정말 드라마에서 수도 없이 들었던 그 말.

"얼마나 시간이 있는 거예요?"

그 대사를 내가 그 사람 많은 병원 복도에서 하게 될 줄을 정말 몰랐다. 복도 중앙에 우두커니 서 있는 내가 정말 가여웠다. 적어도 드라마에서 본 것처럼 진료실 안, 마주 보고 앉은 의사에게 안타까워하는 어투로 들었어야 하는 말은 아니었을까? 그렇다 한들 뭐가 달랐을까 싶었지만 이런 식은 아니었다. 상상도 못한 상황이었다.

한 달? 말도 안 됐다. 병을 알게 된 지 아직 한 달도 채 되지 않았는데 남은 시간이 삶을 정리하고 이별할 수 있는 시간이 한 달, 그러니까 겨우 30일 남짓 남았다는 그 말을 믿을 수 없었다. 하염없이 눈물만 났다. 당혹스러움이란 말로 표현되지 않을 만큼 어떻게 해야 할지 나는 정말 알 수가 없었다.

교수님이 가시고 화장실로 달려갔던 것 같다. 머리를 계속 굴렸지만 아무 생각도 나지 않았다. 그리고 그 순간 아빠 얼굴을 어떻게 봐야 할지 눈물자국을 보이면 안 된다는 생각이 번뜩 났다. 이미 거울 속에 얼굴은 엉망이었지만 눈물을 멈췄다. 연거푸 찬물을 얼굴에 뿌리며 정신을 차리려 했다. 화가 났다. 정말 화가 났다. 눈앞에 있는 모든 상황이 내가 들은 그 말들이 다 너무 화가 났다. 그렇게 나는 아빠의 시한부를 통보받았다.

지금에 와서 생각해 보니 그 이야기를 들은 사람이 어쩌면 나라서 다행이란 생각이 들기도 한다. 하지만 그런 식이 아니었다면 더 나았을까 하는 의문도 든다. 드라마에서처럼 무거운 표정의 의사가 조금은 더 안타깝고, 미안한 아니 적어도 어떤 감정을 담아 이야기 해줬더라면 과연 내 마음이 조금은 괜찮았을까. 그때 가장 많이 들었던 생각은 '이런 식은 아니야..'란 생각을 참 많이도 했었는데 과연 뭐가 달랐을까? 잘 모르겠다.

그리고 어쩌면 그 누구보다 그 사실을 가장 먼저 알게 되고, 그리고 그 순간들을 견뎌낸 내가 조금은 낯설기도 했던 것 같다. 하지만 그랬던 시간마저도 내가 꼭 기억해야 할 순간들이었던 것만큼은 확실하다. 나는 어쩌면 잊고 싶었는지도 모르겠다. 견뎌내기 힘들다 느꼈던 순간들. 하지만 견뎌냈다기보다 그렇게 시간이 지났고, 지금 나는 이렇게 글을 쓰고 있다.

시간이 없었다. 이제는 선택할 수 있는 어떤 것도 남아 있지 않은 것 같았다. 어쩌면 마지막이 될지 모를 시간을 보낼 곳을 결정해야 했다. 병원에서는 이미 호스피스를 권했다. 오히려 아빠가 더 편하게 지낼 수 있을 거라 얘기해 주셨음에도 누군가는 호스피스는 죽으러 가는 곳이라고 했던 어느 블로그의 글귀만이 떠올랐다.

우리나라에서 가장 좋은 호스피스를 검색했다. 원하는 곳은 병실이 없어서 돈을 주고도 못 간다는 이야기뿐이었고, 차선책으로 몇 군데를 찾았다. 동생의 결혼식이 일주일쯤 남아 있었을까? 아빠가 그토록 기다리던 둘째 딸의 결혼식에 참석하실 수 있는 최대한의 방법을 찾아야 했고, 동시에 아빠가 위험하지 않을 선에서 무리하지 않도록 해야 했다. 꼼꼼하게 체크하고 직접 병원들을 찾아가 대리 진료를 보기 시작했다. MRI, CT, 진료 기록지 등 여러 가지 서류들을 가지고 의사들을 만났다. 두 번째 진료를 봤던 병원에서 만난 선생님은 모니터 속 자료들을 보더니 무심한 듯 나에게 물었다.

"섬망 있으시죠?"
"아니요. 잠을 많이 주무시기는 하지만 스스로 일어나 씻으시기도 하고 화장실에도 혼자서 가시고 하시는걸요.

그리고 가끔 저랑 이야기도 나누고요."

의아한 듯 의사는 고개를 갸웃하고는 말했다.

"본인의 상태에 대해서 잘 모르실지도 몰라요. 오히려 그게 나을 수도 있구요."

이미 온몸으로 암 덩어리들이 번져버린 상황이었다. 너무나 악화된 상태라 최대한 이른 시일 내에 옮기는 게 좋을 것 같지만, 이 병원 역시 병실이 많지 않다고 했다. 빠른 연락을 주겠다는 답변을 듣고서야 나는 병원을 나섰다.

나는 계속해서 아빠 스스로 본인의 상태에 대해 인지하지 못하는 것이 너무나 안타까웠고 답답했다. 병을 알게 되었을 때부터 아빠에게 치료는 어렵다는 이야기를 직접 전했던 그 순간까지.

"치료 잘 받아야지. 치료 잘 받아서 나아야지. 얼른."

이렇게 줄곧 말하던 아빠가 안쓰럽고, 무슨 말을 해야 할지 몰라 대답을 피하곤 했던 나였다. 지금 생각해 보면 병원에서 보냈던 많은 날 중 의사에게 시한부를 선고받은 날과 아빠가 직접 그 사실을 들었던 날이 가장 아팠던 것 같다.

내 입으로 직접 그 이야기를 어떻게 전해야 할지 고민만 하고 있던 그날. 레지던트 선생님이 직접 와서 정말 친절하지 못한 방법으로 아빠에게 그 이야기를 전하셨다. 엑스레이 사진을 보여주고는 이미 몸 안에 가득 차 버린 암세포들을 보여주면서 마치 사람이 아닌 것처럼 차갑게 이야기를 전했다.

아빠는 아무 말도 하지 않았다. 그러고는 매일 우리가 함께 앉아있던 병실 복도 창가에 앉았다. 그저 텅 빈 것처럼 멍한 눈으로 창밖만 바라보던 아빠의 눈빛을 나는 잊을 수가 없다. 나는 어떤 말도 할 수가 없었다. 가늠할 수조차 없는 아빠의 마음을 나는 헤아릴 수조차 없었다.

그저 내 입에서 나온 말이라고는

“미안해. 아빠 내가…”

참을 수 없이 눈물이 흘렀다.

"아니야. 뭐가 미안해."

나는 아빠를 안아주었지만, 아빠는 아무것도 하지 않았다. 한참을 아무런 말도 하지 않았다. 눈물 한 방울조차 흘리지 않던 아빠였다. 어쩌면 이 상황을 믿을 수도 없고, 받아들여지지도 않는 것만 같았던 아빠의 옆에서 그저 나는 울고만 있었다.

얼마나 지났을까. 나는 아빠에게 이제는 호스피스에 가게 될 것 같다는 이야기를 전했다. 구구절절하게 왜 가야 하는지, 어떤 곳인지에 관해서 설명했지만 아빠는 역시나 내키지 않아 하는 눈치였다. 병원에 있으면 안 되는 건지 딱 한 번 나에게 물었다. 그러고는 포기한 듯 더 이상 묻지 않았다.

만약에 그때 아빠가 살고 싶다고, 어떻게든 살려달라고 그렇게 애타게 말했어도 전혀 이상하지 않았을 것이다. 오히려 그게 더 나았을까? 라는 생각도 했었다. 그러나 아빠는 끝까지, 정말 마지막까지 그런 마음을 나에게 전하지 않았다. 그것이 아빠로서 딸에게 보이고 싶은 마지막 모습이었던 걸까? 어쩌면 본인의 죽음에 대한 두려움과 삶에 대한 집착보다도 마지막까지도 지켜내고 싶었던 자존심 같은 건 아니었을까 하는 생각도 든다.

병실에서 들은 아빠의 마지막 유언

입원한 날부터 줄곧 6인실 병실에서 지냈다. 아빠를 제외한 5명의 다른 환자분들과 그분들의 보호자 분들이 한 공간에서 같이 자고, 먹고, 꽤 긴 시간을 함께 보냈다. 가끔은 한 공간에 누군가가 있는 것이 힘이 되기도, 그리고 어떤 날은 삭막하고 우울하기만 할 것 같던 병원에서 가끔은 웃음을 짓게 되기도 했다.

간혹 먼저 퇴원하신 옆에 계시던 아저씨는 보호자로 계시는 아주머니께 늘 혼나기 일쑤였지만, 그 소리가 다정하게 들리기도 했다. 간혹 손녀, 손자와 영상통화를 하는 소리가 나기도 했다. 그런 가까운 소음들이 기분 좋게 들리는 날들도 있었다.

하지만 하루하루 지날수록 아빠가 주무시는 날들이 많아지면서 나는 혼자 멍하니 병실에 앉아 고스란히 그 소리를 다 듣는 것이 괴로워지기 시작했다.

교수님이 회진을 오는 시간이면, 다른 환자들의 수술 일정에 대한 이야기, 상태가 호전되고 있는 이야기들과 희망적인 이야기들을 들을 때면 나는 점점 귀를 틀어막고 싶어졌다. 같은 공간 안에 있지만, 그들과 너무나 소외되는 우리가 그리고 내가 안쓰럽다 못해 알 수 없는 무언가에 대한 원망들도 생겨났다.

처음 우리가 입원한 병실은 외과 병동이었다. 사실상 수술이 어려운 상태였던 우리는 암센터나 담당 교수님이 계시는 내과 병실에 가야 했었다. 그러나 병실을 옮기는 일이 쉬운 일은 아니었고, 호스피스로 가는 날이 가까워져서야 우리는 1인실로 병실을 옮길 수 있었다.

처음엔 병실 복도를 아빠랑 걷기도 하고, 복도에 앉아 옆 환자들과 이야기도 나누곤 했었지만, 어느 순간부터 그 병실 안에서, 아니 그 병원 안에는 아빠와 나 단둘뿐인 것 같은 느낌을 받았다. 그래서 오히려 조용한 1인실로 옮기는 것을 선택했지만, 아빠는 나를 의아하게 여기면서도 그저 내가 원하는 대로 하라며 말을 아끼셨다.

좁은 간이침대 대신 널찍한 병실에 더 넓은 소파베드가 있었고, 태블릿으로 이어폰을 꽂고 보던 TV도 마음껏 볼 수 있는 병실이었다. 병실을 옮긴 직후에는 넓은 병실이 훨씬 좋다던 나였지만, 나는 그날 저녁이 되어서 이마저도 다 소용없단 생각을 했다. 넓은 병실의 조용함이 평화롭다기보다는 더 외롭게만 느껴지는 것 같았다.

아빠가 조금이라도 더 깨어있기를 바라며, 아빠와 조금 더 시간을 보내고 싶은 내 욕심으로 TV를 틀어놓고 아빠에게 자주 말을 걸었다. 그때 TV에서는 동계올림픽이 한창 중계되고 있었다. 한두 마디 대화를 나누다 조용해져 바라보면 아빠는 또다시 눈을 감고 있었다.

병실을 옮기고 난 그날 밤, 아빠는 심한 통증으로 잠을 잘 주무시지 못했다. 침대에 누워있는 것조차 힘들어하셔서, 보호자용 소파베드에 누워 있기도 하셨다. 그 소파베드에 누워 아빠가 했던 이야기들이 나에게는 평생 어쩌면 아빠에게 내가 지켜줄 수 있는 약속이라 생각하며 새겨들었었다. 웬일인지 오랜만에 그날은 아주 짧은 대화였지만 아빠랑 이야기를 나누었다.

그리고 지나 생각해 보니 아빠와 둘이 말하고 묻고 그렇게 이야기를 나눈 것이 그때가 거의 마지막이었다. 통증 때문에 비스듬히 겨우 누워있는 아빠 옆에 있는 나를 꼭 끌어안고는 말했다.

"아빠 없어도 잘살아."
"지원이랑 사이좋게 지내고."
"애들 잘 키우고.."

그저 소리 없이 눈물만 흘렸다. 뭐라고 말해야 좋을지 알 수 없었다. 아빠가 왜 그런 말을 했었던 건지 모르겠다.

"아빠는 세상에 태어나서 가장 행복했던 때가 언제야?"
"너희 키운 거지."

그리고 우리 두 사람은 더 이상 아무 말도 하지 못했다. 그렇게 나는 울다가, 아빠는 금세 잠이 드셨던 것 같다. 나는 그때 그 이야기들을 행여나 내가 잊을까 메모장에 적어두었다. 그로부터 얼마 지난 후 내 일기장에 나는 정리까지 해서 이렇게 적어두었다.

아빠가 말한 것들 지키려고 노력하며 살아야지

1. 지원이랑 사이좋게 잘 지낼 것
2. 일은 적당히 하기
3. 돈을 쓸 땐 쓰더라도 아껴쓰기
4. 가끔은 좋은 일도 할 것
5. 큰아빠 작은아빠 친척들과 연락하며 지내기
6. 좋은 엄마로 아이들 잘 키우기

그리고 제일 처음 말했던 것,

7. 아빠 없어도 잘 지내기

이튿날, 우리는 호스피스 병원으로 가게 되었다. 오전부터 짐을 챙기고 퇴원 수속을 하느라 정신이 없었다. 통증으로 힘들어하셨지만, 아빠는 스스로 욕실에 가서 세수도 하고, 양치질도 했다. 매일 아침 병원에서 하루도 빠짐없이 아빠는 스스로 화장실에 가셨고, 늘 깔끔했던 아빠의 모습을 보여주셨다. 세수도 하고, 머리도 감고 내 눈에는 말끔하고 멋진 모습이었다.

수속이 끝나기를 기다리던 중에 아빠는 통증이 심해지셨다.

"너무 힘들다. 이제 그만하고 싶다."

작은 목소리로 고통스럽게 말하시던 아빠가 그제야 어쩌면 이 모든 상황을 받아들이셨다는 것을 알았다. 그동안 단 한 번도 그 끔찍한 고통 속에서도 약으로, 주사로, 강한 정신력으로 버티시며 잘 해보겠다고, 괜찮다고 말씀하셨던 아빠였다.

호스피스로 가는 그날. 어쩌면 아빠는 정말 모든 것을 받아들이셨던 건지 아니면 내려놓으셨던 건지, 그래서 호스피스로 가는 것보다 병원에 더 있고 싶어 하셨던 거였는지, 병원을 나감으로써 모든 것이 끝난다고 생각하셨는지도 모르겠다.

앰뷸런스를 타고 아빠의 침대 옆에 앉아 나는 병원으로 함께 갔다. 면회도 되지 않았던 그 시절, 아빠를 보고 싶어 하시던 많은 분들 중에 그날 새벽부터 아빠를 보기 위해 아빠의 형인 큰아빠가 오셨었다. 병원에 오셔도 아빠는 보기 어려울 거라 말씀드렸는데도 주차장에서 기다리셨다가 앰뷸런스에 타는 아빠의 손을 꼭 잡아주시며 눈물을 흘리시던 모습이 오래 기억에 남아있다.

병원으로 가는 차 안에서 아빠는 많이 힘들어하셨다. 그동안 봤던 나날 중 가장 많이 고통스러워하셨던 날이었다.

아빠와 함께 탄 그 앰뷸런스는 아빠의 젊은 세월을 보내온 신촌에서부터 어린 시절 우리가 살던 홍제동을 지나 병원까지 갔다. 짧지 않은 그 시간, 나는 아빠의 옆에서 차창 밖으로 이제는 너무나 많이 변해버린 그 거리들을 보며 아빠의 딸로 살아온 이제는 잘 기억조차 나지 않는 어린 시절의 나와, 그 거리를 걸었던 아빠를 느껴보았다.

그렇게 새로운 공간. 호스피스 병동 1인실 병실로 들어갔다.

마지막 순간에 대하여

마지막 순간에 대하여 이렇게 써 내려 가는 날이 올 줄은 몰랐다. 아니 과연 글로 옮기는 것이 가능할지에 대해서도 의문이었다. 그렇지만 잊고 싶지 않은 수많은 순간들 중 한 때였을 것이라 생각한다.

호스피스로 들어가자마자, 담당 의사 선생님을 만났고, 사회복지사님과도 면담했다. 앞으로 일어나게 될 일들, 내가 직면해야 하는 상황들과 그때 할 일들을 친절하게 설명해 주셨다. 그리고 우리가 가게 된 그 병원은 가톨릭계 병원이었기 때문에 수녀님들과 신부님도 계신다고 하셨다. 복도 끝에는 기도할 수 있는 곳도 있었다. 가장 기억에 남는 두 가지는 그때 의사 선생님께서 아빠는 동생의 결혼식에 참석하실 수 없다고 하신 것, 그리고 어쩌면 내 생각보다 아빠와 빨리 이별하게 될지도 모른다는 에둘러 말씀하셨던 이야기였다.

이전 병원에서부터 고통을 많이 호소하시던 아빠는 급격하게 큰 고통에 힘들어하셨고, 나는 계속해서 간호 선생님을 찾을 수밖에 없었다. 일반 병실에서는 여러 가지 과정을 거친 후에 약을 받고, 주사를 맞았던 것과 달리 호스피스에서는 가장 환자의 고통을 줄여줄 수 있는 최대한의 것들을 제공해 주신다는 말처럼 마약성 진통제를 주셨다. 주사를 맞아도 고통이 줄어들지 않아 그다음 번, 그다음 번 진통제의 수치는 계속 올라가고 있었다. 가장 강한 마약성 진통제였다.

어느 시점에 아빠의 통증이 줄어들었던 그 순간에 웃으시던 아빠의 얼굴은 다른 사람 같았다. 통증이 사라졌다던 아빠의 표정은 마치 다른 세상에 가 있는 듯한 표정이었다. 분명 조금 전까지 끔찍한 고통 속에 있었던 아빠는 편안하지만 낯선 얼굴이었다. 낯설었지만, 큰 통증이 사라졌다는 것만으로도 나는 그저 그 낯섦은 외면하고 안도했던 것 같다.

"아빠? 이제 괜찮아? 안 아파?"
"응 좋아. 우리 딸 사랑해."

그 대답이 내가 들었던 아빠의 마지막 목소리였다.

입가에 미소를 띠고 있었지만, 눈은 거의 반쯤 감긴 듯 약에 취한 듯한 그 모습이 내가 본 아빠의 마지막 모습이었다. 나지막하게 '나도'라고 말했지만 더 이상 아빠는 말이 없었다. 그리고는 깊은 잠에 빠져들었다.

아빠가 마지막으로 나에게 한 말은 결국 사랑한다는 말이었다. 수도 없이 많이 들었던 말이지만 나는 결코 많이 한 적이 없었던 말. 어째서 아빠의 마지막 말이 사랑한다는 말이었을까? 끝까지 사랑을 말하던 사람으로 나는 아빠를 기억하게 되었다. 그리고 눈감는 순간까지 사랑받은 딸이 되었다.

한때는 그 사랑이 보이지 않아서, 아니 외면하고 싶었던 날들이 있었다. 그렇지만 아빠의 마지막 말로 인해 모든 날이 결국은 사랑이었다는 것을 이제야 나는 안다.

그로부터 몇 시간이 지났을까? 아빠는 계속 꿈속에만 계셨다. 그러고는 숨소리가 갑자기 거칠어지기 시작했다. 어느덧 밤이 되어 있었다. 잠시 후 간호 선생님이 조용히 말씀하셨다.

"가족분들에게 전화하셔야 할 것 같아요. 오래 버티기 힘드실 것 같아요."

지금 다시 생각해도 여전히 어이가 없다.
그땐 더 그랬었고.

바로 오늘, 이제는 아빠가 조금 더 편히 지낼 수 있을 거라 생각하며 이곳에 온 지 몇 시간도 채 되지 않아서 아빠와 이별해야 한다는 게 정말이지 믿어지지 않았다. 그렇지만 나는 전화를 해야 했고, 우리 두 자매 그리고 우리의 남편들이 아빠 병실에 다 모였다. 그저 우리가 할 수 있는 것은 점점 차가워지는 아빠의 손을 붙잡고 사랑을 이야기하는 것, 이제 와 30년이 넘는 그 시간동안 딸로서 미안하기만 한 모든 순간을 사과하는 것밖에 없었다. 여전히 아빠의 눈은 꼭 감겨 있었고, 입도 꼭 다물어져 있기만 했다. 거친 숨소리가 조금 잠잠해지다가 또 거칠어지기를 반복하고 있을 뿐이었다.

그날은 2022년 2월 9일 수요일이었다. 다가오는 토요일은 둘째 딸의 결혼식이 있었다. 병실에 와서 기도해 주시는 수녀님들은 결혼식 이야기들 들으시고는 아빠가 딸의 결혼식을 보고 싶은 마음에 힘겹게 버티고 있는 것 같다는 이야기를 해주셨다. 편안하게 보내드리는 것 역시 가족들이 해줄 수 있는 좋은 역할이라는 말도 같이 해주셨다. 그렇지만 우리는 아직 아빠를 보내드릴 자신이 아니 그럴 마음이 없었다.

그렇게 그 밤이 지나갔다. 한 시간씩 돌아가며 아빠 옆에 앉아 차가워진 아빠의 손을 계속 주무르며 동생과 나는 아침이 오는 것을 보았다. 그렇게 꼬박 밤을 새우고 조금은 호흡이 편안해진 듯한 아빠를 보고서야 나는 전날부터 먹은 것이 아무것도 없다는 것을 알았다. 냉장고에 편의점에서 전날 사두었던 샌드위치 생각이 났다.

"우리가 아무것도 안 먹고 있으면 아빠가 걱정할 거야. 그러니까 먹고 힘내자."

동생과 사이좋게 샌드위치를 나눠 먹었다. 다 먹은 샌드위치 비닐을 쓰레기통에 넣고 난 바로 직후였다. 옅게 들려오던 아빠의 숨소리가 더 이상 들리지 않았다. 이상함을 바로 직감했다. 아빠를 불렀다. 계속해서 불렀다. 소리쳐서 불렀다. 아무 소리도 들리지 않았다. 그 어떤 소리도. 아빠의 손은 얼음처럼 차가웠다.

차가워진 아빠의 손을 붙들고, 나 역시 마지막으로 아빠에게 사랑한다고 수없이 말했다. 미웠던 날들도, 원망했던 날들도 물론 많았지만 정말 많이 사랑했다고. 아니 사랑한다고.

떠나는 아빠에게 가지 말라고 외쳐 불러봤지만, 아무런

답이 없었다. 그렇게 아빠는 떠났다.

"나중에 아빠 죽으면 세상에 너희 둘뿐이다."

어릴 적부터 자주 하시던 그 말씀처럼 우리 자매는 그렇게 아빠의 마지막 곁을 함께 지켰다.

아빠의 마지막 순간에 자매가 나란히 앉아 샌드위치를 먹던 모습을 아빠는 보셨을까? 어쩌면 꼭 끼니는 챙기라던 평소의 아빠처럼, 자신을 지키느라 굶고 있던 딸들 배 속이 채워지는 것을 보고 가고 싶으셨던 걸까? 아빠의 마지막 눈감는 순간까지도 나와 동생은 아빠의 모든 행동과 말들이 사랑이라 느꼈다.

동시에 그 순간 혼자가 아니라서 얼마나 다행이라 느꼈는지, 그 시간을 통해 우리 자매에게는 특별한 무언가가 생겼다. 평생 서로 의지할 가장 가까운 진짜 언니, 동생 사이가 되었다.

그날의 기억을 다시 떠올리는 것이 힘들었고, 지금 이 글을 쓰는 순간에도 힘겹고 눈물이 끊임없이 흐른다. 또한 기억하지 못하는 순간들이 너무나 많다는 것이 안타깝다.

어쩌면 그날과 그 순간들을 함께 보냈던 동생, 그리고 우리의 남편들과 다른 여러 가족들에게도 더 나누지 못한 이야기들이 많다는 것 또한 아쉽다.

그렇지만 그마저도 기억하기 위해,
아주 작은 무엇이라도 겨우 담아,
이렇게나마 남겨본다.

상주가 된다는 것

살면서 장례식을 몇 번 정도 가봤을까? 기억이 많지 않다. 게다가 아이 둘을 키우는 엄마로서 가까운 사람이 아니고서야 장례식에 참석하는 일은 많지 않았던 것 같다. 거기에 코로나로 인해서 더욱 갈 일도 없었던 것 같고.

아빠의 장례를 준비하던 그때 정말이지 지금 생각해도 놀라울 만큼 나는 침착했던 것 같다. 앞으로 해야 할 일들을 정리했고, 하나씩 해나갔다.

조금 전까지 목 놓아서 울던 나는 눈물자국이 지워지기도 전에 휴대폰을 들고 전화를 걸기 시작했다. 아빠가 들을 수 없다는 것을 알았으면서도 나는 복도에 나가 순차적으로 전화를 걸었다. 남편에게, 엄마에게, 큰아빠께 전화를 드렸다. 그리고 어떤 말을 하지는 않았던 것 같다. 그저 장례에 관한 이야기만 짧게 하고는 끊었던 것 같다.

아빠가 편찮으시다는 이야기를 들었던 날 함께 있었던 친구에게도 전화를 했다. 그저 전화기 너머에 친구의 울먹이는 소리만이 들렸다.

"이따가 봐."

한마디를 하고 전화를 끊었다.

그리고는 가까운 곳에 있는 장례식장을 하나씩 검색하고 전화를 했다. 결국 어제까지 입원해 있던 병원 장례식장에 자리가 있었고, 다시 그곳으로 갔다. 치료를 위해 아빠와 함께 걸어 들어갔던 그 병원으로.

그때부터는 퇴원 수속을 위해 원무과로 병실로 바쁘게 다녔던 것 같다. 어제 병실로 들어올 때 가져왔던 짐들을 다시 서둘러 캐리어에 담기에 바빴다. 그러고는 옷장에 걸려있는 아빠가 어제 입고 왔던 아빠의 외투를 한번 쓰다듬어 보고 가방에 담았다.

여전히 병실에는 아빠와 동생이 함께였다. 마치 아빠는 곤히 잠들어 있는 것만 같았다. 더 이상 일어나지 않는 사람이라고는 믿어지지 않았다. 다시 일어날 것만 같았다.

앰뷸런스가 도착했고, 아빠는 뒷자리에 그리고 나는 조수석에 앉아 장례식장으로 갔다. 차를 타고 가는 동안 어제 병원에 올 때 보았던 그 길들을 함께 다시 지나며 나는 아빠와 마지막 길을 함께 가고 있었다. 어제는 꿈에도 몰랐던.

도착한 곳은 장례식장 영안실 앞이었다. 영안실에서 아빠와 헤어지는 순간에 나는 어떤 표정이었는지 모르겠다. 그저 이 모든 순간이 꿈이길 바라는 것처럼 멍한 표정이었던 것 같다. 그때부터 모든 일이 바쁘게 지나갔다. 계속해서 결정, 결정, 결정해야 하는 일들뿐이었다.

나는 선택 장애라고 말할 정도로 무언가를 선택하는 일을 참 어려워하는 사람이라고만 생각했는데 어느 순간부터 나는 계속해서 고민할 새도 없이 결정을 참 많이도 하고 있었다. 그렇지만 그때는 그런 상황이었고, 나는 그런 입장이었으니까.

나는 장례식의 상주였다. 돌아가신 아빠의 큰딸로 장례식에 서 있어야 했다. 아빠 휴대폰에 있는 연락처로 부고 문자를 보내고, 걸려 오는 전화들과 잘못된 문자라고 믿을 수 없다는 반응과 답변들까지. 지금 생각해 보면 당연한데 당시엔 조금은 버거웠던 것 같다.

장례식에는 많은 사람들이 왔다. 많은 사람들이 슬퍼했고, 안타까워했고, 믿을 수 없다고들 했다. 생각지 못한 손님들도 있었다.

그날 내가 했던 가장 힘든 결정은 장례 일정에 관한 것이었다. 어쩔 수 없던 선택이기도 했다. 이틀 뒤에 있을 동생의 결혼식으로 인해 우리는 3일장이 아닌 2일장으로 장례를 치를 수밖에 없었다. 물론 그때는 최선이었다고 생각했다. 힘든 결정이었음에도 고민할 시간이 없었던 이유는 동생의 입에서 혹시나 결혼식을 취소하고 싶다는 말이 나올까 무서웠기 때문이었다. 설령 그렇게 한다 해도 과연 내가 말릴 수 있을지도 확신이 없었으니까.

그렇지만 마음 한편에는 겨우 이틀의 시간으로 아빠를 떠나보낸 슬픔을 나눌 시간이 될지, 아빠를 좋아하고, 기억했던 많은 분들이 아빠의 마지막을 보러 와주시기에 충분한 시간이 될지에 대해서 걱정스러웠고 나 역시 많이 아쉬웠다. 물론 그런 아쉬운 마음까지 신경 쓸 겨를이 없어서 외면했지만, 아빠에게 미안한 마음도 사실은 있었다.

그러나 누구보다 그 순간에는 장례식장에 상주복을 입고 내 옆에 서 있던 동생에게 마음이 쓰였다. 이틀 뒤에 웨딩드레스를 입어야 한다는 것이 어떤 마음이었을지, 나는 감히 가늠할 수조차 없을 그 마음이.

그렇게 그날 밤이 지났다. 손님들이 오고 인사를 하고 낯익은 얼굴들과는 앉아서 웃으며 이야기도 했던 것 같다. 어색해할 틈도 없이 오시는 분들에게 비슷한 인사를 하고, 어느 순간에는 눈물도 더 이상 흐르지 않는 창백한 얼굴로 나는 멍하게 서 있었던 것 같다.

어느새 새벽녘 조용해진 장례식장에서 멍하니 아빠 영정사진을 바라보고 있으니 참 낯설기만 했다. 손녀딸 돌잔치에 와서 어느 때보다 환하게 웃으시던 아빠의 사진은 영정사진이 되어 있었다. 도무지 왜 내가 이곳에 있는 건지 저 사진은 뭔지, 내가 입고 있는 옷은 뭔지 모든 것이 비현실적이란 생각만 들었다. 그리고 잠깐 눈을 감았다. 눈을 떴을 때 이 모든 것이 꿈이었길 바라면서.

다시 눈을 떴을 땐 아침이었고,
나는 어느새 화장터로 가는 버스를 타고 있었다.

아빠를 떠나보내며

얼마 전, 뉴스에 나왔던 이야기. 화장터에 자리가 부족해서 4일장, 5일장을 진행하고, 화장할 곳을 찾아 먼 지역까지 가는 사람들이 늘어나고 있다는 기사였다.

나 역시 2년 전, 아빠를 보내주던 그날. 서울에서 가까운 화장터에는 자리 없다고 했다. 그래서 우리는 인천까지 가야 했고, 금액도 거의 10배가량 더 지불해야 했다. 물론, 그때는 그런 일들이 그리 큰일은 아니었다.

화장터로 가는 차에 올라탔을 때, 마침 어머님, 아버님이 오셨다. 차에서 내린 나를 꼬옥 안아주셨다.

"잘 보내드리고 오렴. 애들 걱정은 하지 말고."

눈에서 눈물이 흐르고 있었던 것 같다. 그렇게 짧은 인사를 하고, 차에 다시 올라탄 후 그대로 잠이 들었다. 눈을 떴을 때는 이미 화장터에 도착한 후였다. 또다시 가슴이 쿵쾅거리기 시작했다. 내 손으로 아빠의 사망진단서를 내고, 금액을 지불하고 화장터로 갔다. 그리고 우리는 아빠와 따로 가야 했다.

오랜만에 마주한 친척들과는 꽤 어색함이 맴돌았지만 그

래도 가벼운 근황에 대한 이야기들을 나눴다. 그리고 잠시 뒤, 대기 번호판에 내가 들고 있는 종이에 쓰여 있는 번호가 보였다. 유리창 너머에 아빠가 있었다. 아니 있다고 했다. 믿어지지 않았지만.

그리고 이제 정말 마지막이라고 했다. 더 이상은 아빠를 만날 수 없고, 만질 수 없고, 볼 수 없는 거라고. 병원에서 입관할 때도 나는 여전히 잠들어 있는 것만 같던 아빠를 보면서 다시 언젠가는 볼 수 있을 거라는 기대와 착각도 하고 있었다. 뜨거운 불길 속으로 들어가는 아빠를 나는 붙잡을 수도, 아무것도 할 수 없었다. 그저 유리창을 두드리며, 아빠를 소리쳐 부르는 것 말고는.

기분이 이상했다. 어쩌면 저 관 안은 텅 비어있는 지도 모르겠다는 생각까지 했다. 1-2시간은 걸린다고 했다. 그 시간이 과연 긴 시간인 건지, 그저 한사람이 한 줌의 재로 바뀌는 데 걸리는 시간이 고작 그 뿐이라니. 허무하다는 말만 떠올랐다.

시간이 그쯤 흘렀을까. 아빠의 유골함을 받으러 갔다. 줄지어 있는 사람들 사이에서 바짝 긴장한 나는 차례를 기다렸다. 그리고 내 차례가 되었을 때, 따뜻하다 못해 조금은 뜨거운 작은 상자를 건네받았다. 그 뜨거운 온기 때문에 마지막 잡았던 차가웠던 아빠의 손이 떠올랐다. 언제나 손이 따뜻했던 아빠였는데. 두툼하고 따뜻했던 아빠의 손을 단 한 번이라도 다시 잡아보고 싶었다. 그래서 유골함을 더 꼬옥 안아보았다. 마치 아빠를 느낄 수 있을까 해서. 혹여나 떨어트릴까. 아기처럼 소중히 끌어안고 그대로 차에 올라탔다. 그리고 수목장까지 가는 내내 속으로 아빠를 불러보았다. 사전에 가볼 수도 없었고, 알아볼 새도 없이 장례지도사님이 가져다주신 팸플릿에 나와 있는 몇몇 사진만 보고 선택한 곳이었다. 조금은 보편적이지 않은 방식이라 느끼시는 친척분들이 보였지만, 나는 신경 쓰지 않았다.

내가 수목장을 선택한 이유는 그저 아빠가 했던 귀한 한마디 한마디를 최대한 지켜내고 싶었기 때문이었다. 무심코 아빠가 하신 한마디 말에 나는 조금의 고민도, 의심도 없이 수목장을 선택했다.

병원에 가던 어느 날, 조수석에 앉아 계시던 아빠는 뜬금없이 말씀하셨다.

"나중에 아빠 죽으면 수목장에 묻어주라."

난 똑똑히 아빠의 말을 들었음에도 무슨 소리냐며 되물었다.

"에이 아니다. 그냥 그건 너희들이 알아서 해야지."

아빠는 말없이 창밖만 바라보았다. 이상하게도 나는 그 다음 말을 할 수가 없었다. 목구멍이 턱 막힌 느낌이었다. 침을 꼴깍 한번 삼키고는 운전에 집중한 척했다. 그렇지만 속으로는 그 말을 되새겼던 것 같다.

도착한 수목장은 아빠가 살던 동네 그리고 아빠의 화물차로 익숙하게 자주 지나다니던 동네였다. 어쩌면 아빠가 그 근처를 지나다니며 막연하게 언젠가 그런 날이 온다면 저렇게 우직한 나무 아래, 해가 잘 드는 양지바른 곳에, 탁 트여있는 저런 곳에 묻혀도 좋겠다고 생각하셨던 건 아닐까 싶었다. 그리고 아빠가 염두해 두었던 곳이 이 장소가 맞았기를 바랐다.

작은 나무 아래에 아빠를 묻어드리고, 아빠의 사진과 함께 '세상에서 가장 멋진 우리 아빠 사랑해요.'라는 글귀를 새긴 푯말이 나무 아래에 세워졌다. 그렇게 그 작은 나무가 이제는 아빠 나무가 되었다.

아빠는 보지 못한 막내딸의 결혼식

2022년 2월 12일

발인을 마치고 서울로 돌아와 다음날 있을 지원의 결혼식을 준비했다. 남은 가족들은.

행여나 인생의 가장 행복의 그날이 그 아이에게 어떤 방식으로도 위로가 되지 않는다는 것을 알았지만 더 이상 슬픔을 내비치지 않기 위해 우리는 모두 애쓰고 있었다.

수목장에 아빠를 모시고 인사를 마치고 병원 앞으로 돌아와 보니 어두운 저녁이 되어 있었다. 다음날은 세상 하나뿐인 내 동생의 결혼식이었고, 그 누구보다 예쁘게 행복하게 잘 치러야 할 결혼식이 아빠의 발인 다음날이었다. 바꿀 수 없는 현실이었고, 당장 내일을 위해 아니 아빠를 위해 우리는 모두 슬픔을 삼켰다. 지원의 결혼식을 갈 수 있을지도 몰랐던 나는 준비된 옷도 없었다. 떡진 머리에 퉁퉁 부은 얼굴에, 상복만 벗고 우리는 가장 가까운 백화점을 향했다. 나 그리고 상주인 내 남편, 내일 결혼식을 앞둔 새 신부, 새신랑과 함께.

나는 내일 혼주석에 있어야 할 사람이었고, 아빠를 대신해야 하는 사람이었다. 점잖아 보이되, 초라해 보이지 않아야 했다. 지금 생각해 보니 상복에, 하얀 머리핀을 꽂고 있었던 것 같은데 그 핀을 꽂은 채로 나는 여러 가지 옷들을 입어보았다.

결국 하얀 반짝거리는 트위드 재킷에 하얀 스커트를 골랐다. 가격표를 보며 망설이는 나에게 지원은 이 정도면 너무 좋다며 더 좋은 옷도 해줄 수 있다며 호기롭게 카드를 내밀고는 몇 차례나 마음에 드냐고 물었다. 부은 얼굴로 식장에 갈 수 없으니 서둘러 옷을 고르고 내일 보자며 우리는 헤어졌다.

아침에 눈을 떴을 때, 오늘 잘 해내야 한다는 엄청난 결의를 하고 있었던 것 같다.

결혼식장에서 가장 먼저 엄마와 만났고, 엄마는 퉁퉁 부은 얼굴이 너무 티가 났지만, 막내딸의 결혼식에 강하고 예쁜 엄마로 서고 싶어 하는 모습이 내 눈에는 안타까웠다. 그런 모습을 헤아릴 새도 없이 아니 일부러 헤아리지 않은 채 어제 약속대로 우리는 많이 웃고 행복한 날을 만들기 위해 모두 애를 썼다.

샵에 도착해 메이크업을 받아야 하는데 퉁퉁 부은 눈이,

슬픔을 감추려 하며 사돈댁을 신경 쓰던 엄마가 애처롭기도 했다. 그렇게 당당하고 내 자식 일에는 큰소리도 잘 치던 엄마도 결국은 사돈댁 눈치를 보고 있는 엄마였다. 그럼에도 곱게 화장하고, 한복을 입은 엄마는 여전히 곱고 예뻤다.

나는 그저 곱슬한 내 파마가 얌전해 보이게 단정하게 묶고는 부은 얼굴이 화장으로 가려져서 다행이라 생각했다.

잠시 후 새신부가 도착했다. 드레스만 입은 여전히 마냥 학생 같아 보이는 앳된 내 동생. 부쩍 말라 핼쑥한 모습에 결혼식을 하러 온 아이가 맞나 싶을 정도로 수수한 얼굴을 보니, 결국 나는 잔소리가 먼저 나갔다.

"메이크업이 너무 연한 거 아니야?"
"액세서리는 그거밖에 없어?"

결국 동생은 잔소리에 기분이 상해버려서는 평소처럼 뚱한 표정으로 짜증을 내버렸다. 오늘의 주인공이었던 동생의 마음을 상하게 한 나는 죄인이 돼버렸고, 예민한 새신부는 여느 신부들처럼 대기실에서 인형처럼 앉아있었다. 단발머리에 단조롭고 심플한 실크 드레스를 입은, 청

초하고 귀여운 모습이었다.

그때부터는 내가 누군지, 여기가 어딘지 모를 정도로 정신이 한 개도 없었다. 손님들이 들이닥치기 시작했고, 마음 같아선 아빠의 빈자리를 마치 보이지 않게 다 챙기고 싶은 욕심에 놓치지 않고 인사하고 알아차리고 싶었지만, 말도 안 되는 일이었다. 아빠의 그 많은 친구, 지인들 주변 사람들을 내가 다 어떻게 알고 어떻게 챙길 수 있겠느냐 싶으면서도 그저 장례식장에 와주셨던 분들께는 다시 한번 감사의 인사를 드리고 애써 웃어 보였다.

그러나 알고 있었다. 여느 결혼식 같은 분위기는 정말 아니었다. 다들 웃고 있었지만, 손님들도 다들 한 번씩 안타까운 눈빛들을 보내셨고, 누구 하나 진심으로 밝은 표정을 축하해 주는 느낌은 아니었다. 알고 있다. 축하하지 않아서가 아니라 그 자리에 서 있어야 할 아빠가 없어서 슬프고 안타깝고 아빠를 그리워하는 사람들의 마음이 있었다는 것을. 그렇지만 그런 표정들 하나까지 마음에 담지 않았다.

결국 전날 아빠 대신 혼주석에 작은아버지가 앉아주시기로 하셨고, 그저 이 모든 일들이 결정된 것처럼 크게 고민할 것도 없이 진행된 터라 그저 우리는 따를 뿐이었다.

결혼식 내내 그저 이곳에 아빠가 반드시 와있을 거라는 생각뿐이었다.

'아빠 나 잘하고 있는 거지? 나도 알아. 많이 부족한 거. 아빠 눈에 안 찰 거라는 거 그렇지만 나 잘하고 싶어. 그리고 잘 해낼게.'

누구보다 그 자리에 오고 싶어 했던 아빠의 마음을 잘 알기에 결혼식을 아빠 보시기에 행복하게 만들고 싶었다. 결혼식이 시작되고도, 들러리를 할 원준이를 챙기느라 잠깐 앉을 새도 없이 내내 서서 동생의 결혼식을 보았다.

그래도 신부 입장을 하고 결혼식이 진행되는 동안만큼은 지원이는 행복해 보였다. 수줍은 웃음을 지으며 버진로드를 걷는 동생을 보니 나 역시 행복했지만, 행복하지만은 않았다.

이 결혼식이 어떤 결혼식인데.

동생은 결혼식을 더 미루고 싶어 했었다. 아니 안 하고 싶어 했던 것 같았다. 그런 게 다 무슨 소용이냐 싶었겠지. 하지만 아빠에게는 죽는 그 순간까지 가장 중요한 일이었다는 것을 알 것도 같다. 아빠로서 두 딸을 건강하고 예쁘게 잘 키워 시집보내는 것. 그것이 죽기 전에 아빠가 꼭 이뤄야 할 일이었던 것처럼. 짧은 몇 문장을 써버리기엔 얼마나 큰일인가를 이제는 알 것 같다.

병원에 입원해서 가장 걱정했던 것이 동생의 결혼식이었고, 아빠의 참석을 위해 결혼식을 급하게 앞당기고 병실에 앉아 아빠와 청첩장을 보냈었다. 빼곡하게 수첩에 적어놓은 연락처들. 꼼꼼하게 적어놓은 리스트들을 일일이 살펴보시고 나는 아빠의 지시에 따라 카톡을 보내고, 문자를 보냈다. 답장을 보내주시기도 전화를 주시는 분들에게 웃으며 결혼식 날 보자고 말씀하셨던 아빠였는데. 친구들에게 전화가 오면 가끔 웃기도 하고, 아픈 티 내지 않으려 씩씩하게 통화하던 아빠 모습이 떠오른다. 장례식장에 오셔서 "딸 결혼식에서 보자더니..."하고 말씀하시던 분들이 꽤 있었다. 딸 결혼식도 못 보고 떠나는 부모의 심정을 어쩌면 나보다도 그분들이 더 깊게 공감하셨을지 모르겠다.

마지막에 신랑, 신부 행진할 때 잠깐 눈물이 나긴 했지만 금세 눈물을 거두고 다음에 또 뭘 해야 하나 그 생각만 했던 것 같다. 식당에 가서도 인사 못 드린 분들이 있는지 살펴보고, 돌아다녀 보았다. 결혼식이 다 끝나고 모든 하객이 다 돌아가고 난 후에도 마음이 놓이질 않았다. 마치 결혼식장에서 내가 그날 가장 분주한 사람인 것처럼 굴었던 것 같다. 아마 아빠도 그랬지 않았을까? 라는 생각이 들었다. 그러면서 내 결혼식을 떠올려 보았다. 결혼식이 끝난 후 나는 바로 신혼여행을 떠나기 위해 공항 근처에 있는 호텔로 갔었다. 그때, 아빠는 뭘 하고 있었을까. 아마도 결혼식에 와주신 친척분들과 친구분들을 여전히 챙기고 뒤풀이에 가셨던 것 같다. 들뜬 마음으로 떠나버린 나와 다르게.

그날 하루만큼은 나는 많은 역할들을 애써 해내려 했던 것 같다. 아빠의 10분의 1만큼도 하지 못했고, 아빠의 빈자리를 내가 채워줄 수 없다는 걸 알면서도.

그날 분명 하늘에서 보고 있었을 아빠에게. 그리고 그 커다란 허전함을 느낄 동생에게. 뭐라도 해주고 싶었으니까.

결국 신혼여행을 떠나지 않은 동생에게 호텔에서의 하룻밤을 대신 선물한 나는 덕분에 조금은 덜 불편한 마음으로 집으로 돌아왔다.

그렇게 그래도 잘 끝냈다며 스스로를 위로했다.

내 아이들에게 예쁜 엄마로 보이고 싶고,
기억되고 싶은 마음.
내가 가진 것 그 이상으로 모든 것을 해주고 싶은 마음.
그리고 자랑스러운 엄마가 되고 싶은 마음까지도.
우리 아빠도 이런 마음이었겠구나.
아빠가 매 순간, 매일 열심히 살아왔다는 것
또한 꼭 기억해 주고 싶다.

그때의 날들이 기억이 잘 나진 않는다. 그저 일기장 속에 남아있는 몇 줄의 글들을 보지 않았다면 더욱이 그랬을 거다.

장례가 끝나고 지원의 결혼식이 끝나고 나는 다시 집으로 돌아왔다. 병원에서 보냈던 한 달 남짓의 시간을 끝내고 나의 가족이 있는 집으로. 아마 다시 아이들을 볼 수 있게 되어 좋기도 했던 것 같다. 그리고 편하고 푹신한 내 침대와 이불에서 잠들 수 있게 되었고, 눈 뜨면 익숙하고 온기와 사랑이 가득한 내 집이었다. 그렇지만 아마도 그때 나는 모든 것을 숨기고 있었던 것 같다. 무엇을 숨기고 있는지 알지 못했고, 내가 그때 겪고 있는 것들을 감당하기 버거워했던 것 같다.

며칠을 쉬고 다시 회사에 출근도 했다. 모두들 안쓰러운 눈빛으로 나를 바라봐줬고, 애써 웃었다. 다시 출근하는 첫날 차 안에서 참 많이 울었다. 그리고 그다음 날도. 또 그다음 날도. 그렇게 눈물을 닦고 차에서 내리고 다시 사람들과 이야기하고 웃고 그런 하루하루가 괜찮아 지는 건 줄 알았다. 하루에도 몇 번씩 아빠 생각이 났고, 눈물이 났지만 자연스러운 거라고 여겼다. 바쁘게 지냈던 것 같다. 그렇게 반복되는 날들이 얼마쯤 지났을까.

어느 날부턴가 잠이 잘 오지 않았다. 처음 한두 달은 쳐다보는 것조차 싫었던 술을 어느 날부터인가 조금씩 마시기 시작했던 것 같다. 술을 마시면 조금은 잊혀지는 것 같았다. 아니 사실은 더 많이 떠올랐다. 그렇지만 술을 핑계로 더 슬퍼할 수 있었다. 괜찮은 척 하지 않아도 될 것 같았다. 술에 취했으니 울어도 되고, 괴로워할 수 있다고 생각했다.

과음을 한 어느 날 밤. 방안에서 아침이 밝아오는 것을 보고 나는 울기 시작했다. 눈물이 멈추질 않았다. 아침이 되었고, 점심이 되었고, 저녁이 되었지만 나는 계속 울고 있었다.

“아무래도 나 괜찮지 않은 것 같아.”

그날 밤 남편을 붙잡고 울며 말했다. 아이들에게 매일 눈이 퉁퉁 부어있는 내 모습을 보여주기 싫었다.

가끔은 아빠를 다시는 볼 수 없다는 것이 믿어지지 않아 아빠 휴대폰으로 전화를 걸어보기도 했다. 회사에서 외부로 상담하러 나가는 날이면 차 안에서 아빠에게 전화를 자주 했었다. 퉁명스럽게 식사 여부를 묻고는, 주말에 가겠다는 짧은 통화들이었다. 그런 통화가 그리웠고, 통화연결음이 이어지는 사이에 이제는 더는 아빠의 목소리를 들을 수 없다는 것이 받아들이고 싶지 않았고, 괴로웠다. 그럼에도 자주 전화를 걸었다. 그러고는 집에 돌아와 화장대 안쪽 깊숙이 넣어둔 아빠의 휴대폰을 꺼내어 부재중 전화 목록에 떠 있는 내 번호를 다시금 확인했다. 휴대폰 속에 아빠의 흔적들을 또다시 들여다보며 아빠를 그리워했다.

휴대폰 속에 있는 아빠의 사진들. 등산복을 입고 환하게 웃고 있는 사진. 친구분들과 어깨동무하는 모습도. 그리고 우리 아이들의 사진도. 등산을 좋아했던 아빠는 산에 자주 다니셨다. 그리고 꼭 산에 가서 찍은 사진을 메시지로 보내주었다. 아빠가 좋아하는 산에 언젠가 꼭 다시 가고 싶다고 생각했었다는 생각에 잠겨 눈물을 흘리기도 했다. 아빠와 주고받은 마지막 메시지도 여전히 그대로 남아있는 아빠의 휴대폰을 나는 고스란히 다시 서랍 안에 넣었다. 그리고 여전히 아빠의 전화번호도, 아빠의 휴대폰도 그대로 남겨두고 있다.

어느 날부터는 출근하는 것도 버거워졌다. 회사에서는 충분히 쉬지 못하고 나왔기 때문이라며 휴가를 권유했지만, 얼마 뒤, 나는 회사를 그만두게 되었다. 사무실에 나가 사람들을 만나는 것도, 고객들을 만나는 일도 힘들었고 싫어졌다. 사람들과 많이 이야기를 나누고 마음을 나누는 일을 좋아했던 나였는데 모든 것이 부질없게 느껴졌던 것 같다. 결국은 누구나 이별해야 한다는 사실에 마음을 주는 것도, 받는 것도 싫었다. 그저 손안에 있는, 눈앞에 있는 모든 것들이 결국은 사라지고 말 거라는 생각에 사로잡혀 두려움 또한 느끼고 있었다.

하루하루 어떻게든 잘 살아야 한다고 애쓰는 나 자신이 밉기도, 그렇지만 아빠에게 이런 모습을 보이고 싶지 않아 괜찮은 척해야 한다는 부담감도 가득했다. 누구나 언젠가는 겪는 일이라지만, 아무래도 나는 그때 상실의 슬픔 속에서 허덕이고 있었던 것 같다.

아이들을 보면서도 참 많이 울었다. 잘 놀고 있는 웃는 아이들의 모습을 보다가, 밥 먹는 모습을 보다가, 내 옆에서 잠드는 아이들을 보면서 계속해서 나는 아빠가 떠올랐다. 이렇게 예쁜 아이들을 보면 아빠가 얼마나 좋아했을까, 그토록 사랑했던 손주들을 이제는 볼 수 없는 아빠도 그리고 어쩌면 기억조차 잘 나지 않는 외할아버지로 아이들에게 아빠가 기억되는 게 싫었다.

그렇게 어느덧 시간이 흘러 아빠가 떠났던 추운 겨울날에서 봄을 지나 여름이 다가오고 있었다.

편안하고 행복한 일

변화가 필요했다. 어떻게 해야 할까? 나는 앞으로 어떻게 살아야 하는 걸까? 머릿속에 이런 생각이 계속해서 떠올랐다. 예전처럼 다시 병원에 가서 정신과 약을 처방받고, 정기적으로 상담 치료를 하면 괜찮아질까? 글쎄 확신이 서지 않았다. 휴대폰으로 가까운 병원, 상담센터를 무의미하게 검색하고 있었다.

'공감치유센터'

눈에 띄는 곳을 발견했다. 집에서 멀지 않은 곳에 있는 그곳은 뭐랄까 좀 새로운 느낌이었다. 뭐라도 해보자는 심정으로 예약 문자를 보냈다. 가장 이른 시일 내 당장이라도 가보고 싶었다. 그만큼 절실했다.

'더 이상 술을 마시지 않을 수 있을까?'
'더 이상 울지 않을 수 있을까?'
'수많은 생각과 감정들 속에 파묻혀 지내는 날들에서 과연 벗어날 수 있을까?'

떨리는 마음으로 다음날 센터를 찾았다. 그리고 센터를 운영하시는 수련님을 만났다. 나의 인생에서 운명적인 만남이었다. 상담 프로그램을 통해 심리상담과 더불어 나는 명상 수련을 시작하게 되었다. 아주 조금씩 미세하고 더딘 변화였지만 분명히 달라지고 있었다. 술을 마시는 횟수도 자연스럽게 줄어들었고, 수련을 하면서 생활 습관들도 조금씩 달라졌다. 내면이 바뀌어 가고 있다는 걸 알아차리면서 자연스럽게 눈에 보이는 것들도 변했다. 내가 하는 말이, 나의 표정이 그랬다. 프로그램을 통해 나를 돌보는 법을 배워가고 있었다. 그리고 더 이상 술을 마시지 않아도 된다는 것을, 더 이상 의미 없는 눈물을 흘릴 필요가 없다는 것을, 수많은 생각과 감정들을 마주하는 방법들을 배워가고 있었다. 자연스럽게 내가 좋아하는 일들 예를 들어 맑은 하늘의 구름을 바라보는 것, 바람에 흔들리는 나뭇잎 소리를 듣는 것 등을 알게 되어갔다.

어린 시절부터 책을 좋아했던 나였다. 읽는 것도 쓰는 것도 좋아했었다는 것을 다시금 알게 되었고, 다음 할 일을 찾았다. 내가 원하는 일, 내가 하고 싶은 일, 나를 편안하고 행복하게 하는 일.

그래서 나는 작가가 되기로 했다.

'누구나 작가가 될 수 있다.' 이 문장에 끌려 'WANT'에 가게 되었다. 그리고 몇 년 만에 펜을 들고, 종이 위에 글을 쓰기 시작했다. 하고 싶었던 말들, 쏟아내고 싶었던 마음들을 써 내려갔다. 텍스트가 된 내 마음들을 보면서 서서히 설명되지 않던 많은 것들이 정리되어 가는 것을 느꼈다. 그것은 나를 행복하고 편안하게 하는 일들이었다.

여전히 나는 빈 집안에서 내가 좋아하는 거실 창가에 앉아 명상 수련을 하고, 노트북을 켜고 글을 쓴다. 가끔은 남편과 좋아하는 드라마를 보며 맥주 한두 잔을 마시고 잠자리에 든다. 그리고 아침에 다시 눈을 뜨며 잠에서 깬 몸을 조금씩 움직이며 보통은 감사하는 마음으로 하루를 시작한다. 지금의 나날들이 영원하지 않을지라도 괜찮을 거라는, 이전의 나보다는 조금은 단단해진 채 살아가고 있다.

아빠의 직업

우리 아빠의 직업은 고물상 사장님이었다.

얼마 전, 아이들 하원 길에 바라본 길가에 있던 고물상을 보면서 문득 아빠가 떠올랐다. 작업복이라 불리는 낡고 지저분한 옷차림으로 일하고 계시는 아저씨들 보고 있자니 어젯밤 꿈에 불현듯 찾아왔던 아빠가 떠올라 버렸다.

가장의 무게. 딸 둘을 키우며 아빠는 어떤 마음으로 일을 하고, 자기 일에 대해 어떤 생각을 가지고 살았을까? 아빠의 마음을 조금이나마 헤아려 보고 싶은 욕심을 부려 본다.

아빠의 물건들을 정리하며 다시금 참 대단한 사람, 그리고 한편으로 미련한 사람이란 생각마저 들었다. 아무리 술에 취해 들어와도, 아무리 피곤해도 작은 책상 위에 앉아 쓰곤 했던 가계부며, 그 위에 올라와 있던 달력. 빼곡하게 적혀있던 달력의 글씨들이 2022년 1월에 끝이 나 있었다. 1월이란 글자 옆에 '1월 수입 목표 1,500만원 달성하기 꼭 한다.' 꾹꾹 눌러쓴 아빠의 글씨체조차 너무 그리웠다. 그렇게 열심히 살아온 그 인생이 안타깝고 나까지 억울해서, 어떻게든 기억해 주고 싶어서 우리는 그 흔적들을 고스란히 잘 보관하기로 했다.

참으로 열심히 살아왔었던, 일 밖에 몰랐던 아빠가 답답하기도 안타깝기도 했지만 그렇게 살아온 아빠의 인생을 보여주는 것이 이제는 나란 생각이 들어 결국은 고맙고 또 고맙기만 하다고 말하고 싶다.

아빠의 직업에 대해 꼭 이야기하고 싶었던 건 난 우리 아빠가 너무나 존경스럽기 때문이다. 그리고 아빠에게 꼭 말해주고 싶었다. 아빠의 직업의 변천사 역시 그 안에는 아빠의 인생과 나와 동생을 향한 사랑이 가득했다는 것을 이제는 나도 잘 안다고.

어린 나이에 서울에 올라와 안 해본 일이 없었다던 아빠는 스물일곱이라는 어린 나이에 아빠가 되었고, 어린 아내와 어린 자식을 먹여 살려보겠다고 나이트클럽 웨이터로 일했었다. 그렇게 시작했던 아빠는 결국 신촌에서 꽤 알아주는 룸살롱 사장님이 되어 있었다.

너무 어릴 적이라 기억이 잘 나진 않지만 어린 나를 영업 전인 아빠의 가게에 데리고 갔었던 어렴풋한 기억도 있고, 학교에서 아빠 직업을 적는 칸에 항상 가전제품 대리점이라고 썼던 기억은 분명하게 난다.

아빠의 직업을 당당하게 말하지 못했던. 그 시절은 그리고 아빠는 그런 사람이었다. 밤에 술장사로 돈을 버는 본인의 직업이 자식 앞에서는 당당하지 못했었던. 그럼에도 아빠가 벌어다 주는 돈으로 나는 공주처럼 컸다. 어린 시절 그렇게 느끼며 컸고 그런 어린 시절의 경험들이 나의 삶에 큰 영향을 준 것도 사실이다.

언제인지 정확하게 기억이 나지는 않지만, 아빠가 하던 가게를 정리하고, 고물상에 나가 일하기 시작했을 때도 나는 아빠가 무슨 일을 하는지, 그게 나랑 어떤 상관이 있다고 생각하지 않았다. 그런 철없는 딸이었다. 그냥 아빠가 주는 돈으로 먹고, 자고, 입고 그러면 되는 것뿐이었다. 그런 것에 대하여 감사함보다는 표현이 서툰 아빠에게 늘 불만이 가득했고, 오히려 결핍감을 느꼈었던 것 같다. 성인이 된 이후에 엄마에게 전해 들은 이야기로 아빠가 왜 하던 일을 그만뒀는지 알게 되었다. 일을 하면서도 아빠는 본인의 일에 대해 회의감을 많이 느꼈었다고 했다.

"언젠가 우리 딸들이 결혼할 때 내가 하는 일이 자식들 앞길 막는 일이 될 수도 있잖아."

아빠는 크게 하던 사업을 정리하고, 바닥부터 다시 시작했다. 사장님 소리 들으며 항상 반듯한 정장 차림으로 배를 내밀고 다니던 아빠를 더 이상 볼 수 없었다. 흙이 잔뜩 묻은 낡은 옷, 낡은 신발을 신고 다니셨다. 낯설었던 모습이었지만, 어린 시절 정장 입은 아빠의 모습이 나에게는 훨씬 더 기억에 남았던 것 같다.

조금도 헤아릴 수가 없다. 어떻게 그렇게 할 수 있었을까. 그저 나에게는 아빠라는 이유로 마지막까지 강하기만 했던 사람. 아빠의 작업복들을 보면 일하다가 흙도 많이 묻고 지저분해지니 가장 낡은 옷으로 입고 일하신다던 아빠는 일이 끝나면 항상 사우나에 가서 말끔해진 모습으로 우리를 만나러 오곤 했다. 지저분한 모습을 보이지 않으려고 항상 깔끔한 모습을 보여주려 했던 사람이었다.

참 지금 생각해 보니 우리 아빠는 그렇게도 자식들에게도 잘 보이고 싶었구나 싶다. 얼마나 좋은 아빠가 되고 싶었고, 얼마나 많은 것을 해주고 싶었고, 얼마나 잘 살고 싶었는지. 조금은 알 것 같다. 엄마가 된 딸로서는 아주 조금은.

내 아이들에게 예쁜 엄마로 보이고 싶고,

기억되고 싶은 마음.

내가 가진 것 그 이상으로 모든 것을 해주고 싶은 마음.

그리고 자랑스러운 엄마가 되고 싶은 마음까지도.

우리 아빠도 이런 마음이었겠구나.

아빠가 매 순간, 매일 열심히 살아왔다는 것

또한 꼭 기억해 주고 싶다.

"남자가 진짜 쪽팔린 게 뭔지 알아? 지갑 속이 비어있는 게 제일 쪽팔린 거야."

지갑이 두둑해야 당당하다고 말했던 아빠는 그 지갑을 채워 전부 다 가족에게, 자식들에게만 쓰면서 행복하다고 했었다. 그저 나이 들어 자식들에게 손 안 벌리고 살고 싶다며 일할 수 있을 때까지는 해보겠다며 필요 이상으로 애쓰며 살아간 것 같았던 아빠가. 그래서 그렇게 한순간에 떠나버린 아빠가. 지금, 이 순간 너무 그립고 고맙다고 그리고 세상 그 누구보다 멋지게 살았다고 꼭 말해주고 싶다.

최고의 아빠였다고.

멋진 사람이었다고.

내 휴대폰 내비게이션 앱에 있는 즐겨찾기 항목에는 아직도 아빠의 집 주소가 있다. 지금 그 주소로 찾아가면 아마 낯선 누군가가 살고 있을 것이다. 아빠의 집을 정리하던 그때 참 많이도 서러웠던 것 같다. 이제 나는 찾아갈 아빠의 집. 친정집을 잃은 것이나 마찬가지였으니까.

한 달에 2-3번은 꼬박꼬박 갔던 아빠의 집. 아빠가 그 집으로 이사를 하던 날에도, 집에 필요한 가전제품, 가구 등을 살 때도 동생과 아빠 우리 셋은 함께였다.

집을 세놓은 지 한두 달이 지나도 연락이 없었고, 계약기간보다 한참 지나서야 그 집이 나갔다는 소식을 들었다. 이미 집을 내놓으면서 한두 차례 우리는 짐을 정리하러 갔었다.

거실에 놓여있는 아빠의 자그마한 테이블은 아빠와 함께 살던 내내 아빠 방에도 있었던 작은 교자상이었다. 그 상 위에 잡동사니가 그득히 올려져 있는 게 늘 지저분하다고 하면서도 한번을 정리해 준 적이 없었다. 탁상 달력, 그리고 가계부, 낡은 수첩, 세금 계산서, 공과금 내역서, 명함 등이 올려져 있었다. 달력에 하루도 빠짐없이 적혀 있는 아빠의 일정들을 그제야 나는 하나씩 꼼꼼하게 보았다. 하루도 쉬지 않고 일했던 달이 대부분이었다. 그리고 그 흔적들을 하나씩 읽어보며 아빠 없이 우리 자매는 같이 참 많이도 울었다. 야속했다. 그 흔적들이. 그토록 열심이었던 아빠가. 그리고 그런 아빠를 몰랐던 내가. 또 옷장 옷걸이에 걸려있는 옷 하나하나를 꺼내며 그 옷을 입었던 아빠의 모습을 떠올려보기도 했다.

"이거 내가 사준 옷이네. 이건 네가 사준 거지?" 하면서.

방에 고스란히 정리되어 있는 이불들, 옷장 안에 포장도 뜯지 않은 새 양말들도 다 버려야 한다는 것이 정말 싫었다. 그래서 아빠 냄새가 나는 포근한 니트 한 장을 고스란히 접어 나는 가방에 넣어왔고 내 옷장 깊숙한 곳에 넣어두었다.

거실에 누워 TV를 보다 눈꺼풀이 무거워 어느새 코를 골고 주무시던 아빠의 모습도, 거실이 꽉 차도록 함께 모여 앉아 웃고 떠들던 순간들도 다시금 그려보았다. 그립고 또 정말 그리웠다. 영원히 그런 날이 다시는 돌아오지 않는다는 것이.

차마 버리지 못한 몇 가지 물건들은 따로 보관하기로 하며 챙겨두었음에도 집 안에 있는 아빠의 흔적들을 비워내며, 아빠와의 기억들까지 지워지는 것만 같아 속이 상하기만 했다. 그렇게 여러 날의 눈물과 함께 아빠의 집을 비워냈다.

지금 우리 집 세탁실에는 아빠가 쓰시던 세탁기가 있다. 그리고 동생네 집 한편에는 아빠가 키우던 화분들이 더러 남아있다.

그럼에도 이제는 아빠의 집도,
아빠도 없다는 것이
여전히 아픈 지금이다.

올해 추석에도 어김없이 엄마와 차례상을 준비하고 차례를 지내고 수목장에 가서 아빠를 만나고 왔다. 어느덧, 제사를 준비하는 과정들이 여러 번이 지나서일까? 이번 추석은 꽤 순조로웠던 것 같다.

아빠가 떠나고 난 뒤, 우리에게 찾아온 작년 추석에는 지금의 집이 아닌 상암동 집에서 음식을 준비하고, 명절을 보냈었다. 음식 준비한다고 쉴 새 없이 바쁜 엄마를 보면서 마음이 무거웠다. 이미 20년도 전에 이혼한 전남편의 제사 음식을 준비하는 엄마의 마음이 어떠할지 나로서는 가늠할 수조차 없었다. 동생은 결혼 후 맞이하는 첫 명절이라 작년 추석에는 함께 하지 못한 아쉬움이 컸다는 것도 나는 무척이나 잘 알면서도 동생의 편에 서서 이야기해 주지 못했던 건 나 또한 한 집안의 며느리이기 때문이었다. 나도 결혼하고부터는 명절마다 시댁과 친정집을 오가느라 명절 연휴가 짧게만 느껴졌었는데 이제는 갈 곳이 한 군데뿐이라고 연휴가 더욱 길게 느껴지는 것 같았다. 작년에는 추석 당일 아이들이 차례상에 앉아 술도 올리고, 다 함께 절을 하면서도 모든 상황이 낯설기만 했었는데 올해는 작년과는 다르게 절을 하고 일어선 내 눈가에 눈물이 고이지는 않았다. 그러면서 아빠와 마지막으로 함께 보냈던 그때의 추석날이 떠올랐다.

전날 미리 동생과 사람이 바글거리는 망원시장에 가서 각종 전이며, 아빠가 좋아하는 홍어 무침, 반찬 등을 사서 푸짐한 명절 상을 차려서 함께 아침을 함께 먹었다. 그러다가 동생과 아빠가 투닥거리다 아빠가 말없이 집 밖으로 나갔던 그때가 생각이 났다. 우리 아빠도 이제 나이가 드셨나 예전 같지는 않다고 느꼈었다. 예전의 아빠였다면 버럭 화를 내고도 남을 법했던 아빠는 조용히 슬리퍼를 신고 현관문 밖으로 나가셨다. 대수롭지 않게 지나간 한순간이었을 뿐이었다. 그러나 지금에 와서 생각해 보니 그날도 아빠가 식사를 예전만큼 하지 않았다는 것을, 점점 아빠의 식사량이 줄어들고 아빠의 몸에서 암덩어리가 자라고 있었다는 것을 전혀 알아채지 못하고 있었다. 그 누구도.

이제 명절이 다가오며 그리고 명절을 맞이하는 나의 마음은 예전과는 사뭇 다르다.

어린 시절에는 아빠와 함께 기차를 타고 큰집에 가곤 했었다. 엄마까지 온 가족이 함께 갔던 시절보다는 엄마 없이 우리 셋이 함께 갔던 날들. 엄마 없는 빈자리가 더욱 크게 느껴져 가기 싫었던 날들도 많았다.

"나중에 시집가면 너희는 올 일도 없어. 그때까지 열심히 다니자."

아빠의 말에 툴툴거리면서도 줄곧 빠짐없이 쫓아다녔었다.

그러고 결혼하고 처음 맞았던 명절. 그 후 몇 년간 지속되었던 정신없고, 그래도 나름 즐거웠던 날들이. 이제는 또 다른 모습으로 바뀌어 있다. 친정엄마와 동생네 식구들이 우리 집에서 차례를 지내는 모습. 우리 아이들이 우리 아빠 차례상에 절을 한다. 여전히 낯설고 실감이 안 나기도 한다.

그래도 명절 전날 엄마와 음식 준비를 하며, 아빠가 좋아하셨던 음식에 대해 이야기하며 아빠를 기억하고 추억하며 충분히 그리움의 시간을 가진다. 매일 같이 아빠를 떠올리진 않지만, 명절날만큼은 마음껏 아빠 이야기를 하고, 아빠를 기억하고 아빠를 그리워한다. 그래서 마냥 슬프지만은 않은 그런 날. 온 가족이 함께 모여 좋은 날이지만, 아직은 함께 하지 못한 날들에 대한 아쉬움이 한껏 많은 그런 날이다.

'훗날 세월이 조금 더 흐르면 이런 그리움도 과연 조금은 줄어들까?'

엄마가 된 아빠의 딸

어제는 우리 원준이의 9살 생일이었다. 전날 늦게까지 미역국을 끓이고, 남편과 풍선 장식으로 거실을 꾸며놓았다. 저녁에는 가장 좋아하는 피자, 치킨 파티까지 하고 실컷 놀다 평소보다 늦은 시간에 잠자리에 들 준비를 했다. 목욕을 하고 나온 아이의 머리를 말려주며, 다시 한 번 지금까지 건강하게 잘 자라주어서, 엄마의 아들로 있어 주어서 고맙다고, 사랑한다고 말해주었다. 그러자 아이는 나를 꼭 안아주었다.

"지금까지 혼내지 않고 잘 키워줘서 고마워 엄마. 이 세상에서 제일 사랑해."

말하는 아이의 눈을 보며 엄마로서 나의 삶이 눈물 나도록 행복하다는 생각을 다시금 했다.

이제는 누구의 딸 보다는 누구의 엄마로서의 내가 더 큰 의미인 나에게 이 책은 사실 처음에는 온전히 아빠의 딸로서 쓰는 글들로만 가득한 줄 알았다. 그렇지만 아빠를 떠올릴수록 끊임없이 지금의 나와 그리고 나의 아이들에 대한 생각이 참 많이도 났고, 글에 녹아져 있었다. 그래서 결국 이 책은 아빠를 위한 책이기도 했지만 나를 위한 책이기도, 그리고 언젠가는 이 책을 읽을 나의 아이들을 위한 책이 될 거라 나는 확신한다.

이 챕터에 처음 붙인 제목은 '나는 어떤 부모일까?'였다. 그렇지만 어떤 부모인지, 어떤 부모로 살아야 할지를 구구절절 적는 것에 의미를 두는 것보단 엄마로서의 내가 현재 얼마나 행복한지, 나를 이토록 사랑받는 사람으로 만들어준 것이 나의 아이들이라는 것을 깨닫는다. 그리고 나의 아빠 역시 살면서 가장 좋았던 순간을 물었을 때, 60년을 살며 그 어떤 순간이 아닌

"우리 딸들 키우면서 가장 좋았지." 라고 답하시던 그 이유를 이제 나는 조금은 이해할 것 같다.

당시에 나는 아빠라는 사람의 이야기 그러니까 나의 아빠 말고 한 남자로서 그리고 그저 한 사람으로서 이제 곧 떠날 세상에 남기고 싶은 무언가 혹은 기억되고 싶은 것들이 무엇일까를 참 많이 고민했었다. 그래서 아빠와 손을 잡고 나란히 병실 복도를 걸을 때면 아빠의 과거 시절에 관해 묻고 했었다. 아빠에 대해 더 알고 싶었다.

"아빠는 몇 살에 서울에 온 거야?"
"복싱은 왜 그만둔 거야?"

내가 아는 아빠의 모습, 내가 본 아빠가 아닌 한 사람으로. 그러나 내가 마지막 순간까지 본 아빠는 나에게 이 세상 그 누구보다 가장 크게 보였던 멋진 아빠 모습 그대로였다.

훗날 나보다 훌쩍 키가 커버릴 그날의 아이에게도 나의 아버지와 같이 보여지기를 바라는 것 같았다. 물론 아이의 눈으로 부모의 모든 마음을 알아차릴 수는 없겠지만, 적어도 아이의 눈높이에 맞추어 나는 이야기 하고 싶다. 언제나 아이에게 말한다.

"네가 숙제를 안 해도, 엄마 말을 아무리 안 들어도 엄마는 언제나 널 사랑해."
"엄마 아들로, 딸로 엄마에게 와주어서 고마워."

침실에서 잠자리 독서가 끝나고 나면 굿나잇 키스와 함께 말해주곤 한다. 그러다 훌쩍 자란 아이를 보면서 언젠가는 이런 이야기를 나누지 못하는 날들이 올 수 있다는 예감이 들기도 하지만, 그때에는 지금보다는 아이만큼 나도 자란 엄마이지 않을까 기대해 본다.

좋은 부모가 되고 싶은 마음이 드는 건

어쩔 수 없는 마음이지만,
나도 엄마가 처음이라는 것.

가끔 실수하기도, 부족하기도 하지만
언제나 나의 아이들에게 존재만으로
최고의 엄마일 거라는 자신감을 가지고
나는 엄마로 살아갈 것이다.

Epilogue

아빠에게

아빠에 관한 글을 쓰면서도 이렇게 아빠에게 편지를 쓴 건 참 오랜만인 것 같아. 또 이렇게 겨울이 왔네. 찬바람이 불면서 겨울이 온다는 걸 느꼈을 때 아빠를 떠올렸어. 요즘 난 참 재미나게 살고 있어. 아빠가 보고 싶어 우는 날도 예전보다 훨씬 많이 줄었어. 좋아하는 일들도 하고, 지원이랑 같이 준비하는 일도 어렵고, 고민도 많지만 즐겁고 좋아. 우리 자매가 이렇게 둘이 사이좋게 일을 하고, 열심히 하는 모습을 아빠가 봤으면 정말 좋아했겠지. 어제도 카페에 둘이 앉아 아빠가 도와줄 거라며 서로를 응원하기도 했어. 잘했지?

아빠에게 쓰는 편지는 결국 나의 안부를 전하는 이야기가 대부분이네. 말해주고 싶었거든. 아빠 걱정하지 않게 씩씩하게 멋지게 잘살고 있다고. 그리고 고맙다고. 아빠가 나를 이런 사람으로 살 수 있게 세상에 태어나게 해주고, 또 키워주고 사랑해 주고, 하염없이 나에게 주었던 모든 것들이. 지금의 내가 있게 해준 아빠에게.

아빠가 내게 자주 묻고 했지? “아빠 이 정도면 괜찮은 아빠지?” 하고 말이야. 언제나처럼 여전히 아빠는 대단하고 나에게는 최고의 아빠야. 엄마도 어릴 적부터 늘 아빠란 사람은 남편으로는 빵점이었을지 몰라도, 아빠로서는 누구보다 훌륭한 사람이라고 했던 말. 사실 그때는 잘 몰랐던 것 같아. 그런데 이제는 알아. 아빠는 처음 내 아빠가 된 날부터 마지막 순간까지 최고의 아빠였어. 그러니까 혹시라도 나한테 미안한 마음이 있다면 그런 마음은 가지지 않아도 돼. 아빠는 살면서 나한테 미안하다는 말을 너무 많이 했어. 그러니까 이제는 그만 미안해해. 아빠의 마지막 순간까지 함께 했던 나에게 미안했던 마음도, 고생시켰다고, 더 많이 주지 못했다고, 더 많은 시간 함께 해주지 못해서 미안한 마음이 들더라도 괜찮아. 나는 다 괜찮아. 물론 가끔 다른 아빠들을 보면 아빠가 많이 보고 싶기도 하고, 또 부럽기도 해. 나 원래 샘 많은 거 알지? 그렇지만 나한테는 아빠의 모든 순간이 다 너무 소중하고 좋았어.

딸한테 아픈 모습 보인 게 싫었을 수도 있지만 끝까지 참고 또 참았던 아빠가 대단하기도 하면서 이해가 되지 않은 적도 있어. 그렇지만 그런 마음도 이제는 이해가 될 것도 같아. 우리 함께 병원에서 보냈던 짧은 3주의 시간이 나에게는 평생에 남을 아빠와의 추억으로 기억될 거야. 그리고 너무너무 고마워요. 이 말은 꼭 해주고 싶었어. 아빠의 마지막 순간에 내가 곁에 있을 수 있게 해줘서 정말 고마워요.

나는 이제 살아가는 여러 날 동안 아빠가 나에게 준 단단함을 가지고 더 멋지게 살아갈게. 그리고 이 책은 아빠를 위한 아빠에게 바치는 책이에요. 내 선물이 마음에 들었으면 좋겠어.

환하게 웃으며 우리 딸 멋지다고 말해줬을 아빠를 떠올리며...

세상에서 가장 멋진 나의 아빠, 사랑해요.

아빠를 사랑하는 큰딸
지윤 올림

한때는 떠나고만 싶어했던 딸이
이제는 떠나버린 아빠에게

초판 1쇄 발행	2024년 2월 10일
지은이	신지윤
글편집	임솔빈
디자인	김예진
펴낸곳	양일북스
출판등록	2024년 4월
전자우편	wnls5536@naver.com
인스타그램	newjakga
ISBN	979-11-987485-0-8